책 만들다 우는 밤

홀로 글을 찾고, 다듬고, 엮습니다.

책 만들다

우는 밤

글쓴이 홍지애

📖 꿈꾸는인생

서른여덟,
출판사를 시작했다

많은 이들이 생각했을 거다. '모아 놓은 돈이 좀 있겠지.' 서른여덟이면 20대 후반에 직장생활을 시작했다고 쳐도 10년을 꽉 채워 일한 셈이 된다. 연봉에 따라 차이가 크겠지만, 아무튼 대략 견적이 나온다. 사람들은 초기 자본에 관심이 많았다. 은근슬쩍 묻는 이들에게 나는 늘 같은 대답을 했다. "책 네 권 만들 돈으로 시작했어요." 내 작업비(편집비)는 제외하고 200페이지 내외 1도 책의 순수 제작비만을 말한 것인데, 사실 그 '네 권'도 뻥튀기한 것이었다. 사실대로 말하면 아무도 안 믿을 테니까.

서른다섯에 이사할 집을 보러 다니다가 부동산 사장님께 나무람을 들은 적이 있다. "아니, 서른다섯에 9천만 원을 못 마련해?" 아무리 시세보다 낮게 나온 좋은 집이라고 해도 전세 9천짜리를 얻을 수는 없었다. 내가 찾던 방은 월세 40만 원 이하의 분리형 원룸이었다. 9천은커녕 9백도 통장에 없고 전세자금 대출 같은 건 생각도 할 수 없는 처지였는데, 부동산 사장님께 그런 이야기까지 할 필요는 없으니 "그러게요"하며 웃었다. 그날 여러 부동산을 돌며 계속 그런 웃음을 지었다. 나는 교회 전도사였다.

출판사를 시작한 서른여덟의 사정은 서른다섯 때와 별반 다르지 않았다. 초기 자본이 얼마쯤 있어야 한다는 말을 듣기는 했다. 저마다 조금씩 금액이 달랐지만 가당치도 않은 액수인 것은 매한가지라 오히려 신경이 쓰이지 않았다. '한 권 만들고, 열심히 외주로 돈 벌어서 또 한 권 내고 그러면 되지' 하는 마음이었다.

5년이 흘렀고, 17권의 책이 나왔다. 처음엔 5년쯤 지나면 이 일에 꽤 자신감을 갖게 될 줄 알았다. 출판사 첫해에 만났던 다른 여성 대표들처럼 누군가에게 조언도, 도움도 척척 주는 내 모습을 상상했다. 카리스마 있는 목소리와 여유가 흐르는 몸짓이 내 것이 되는 때가 분명 올 것이었다. 그러한 상상은, 좋아하는 마음뿐 다른 건 아무것도 없던 나를 앞으로 나가게 하는 힘 중 하나였다.

그런데 그때에 비해 아는 게 훨씬 많아진 지금, 어떤 면에선 5년 전보다 더 자신이 없고 더 모르겠다. 이 나이가 되어도 처음인 건 계속 있고, 잘 못하는 건 여전히 못하며, 하기 싫은 건 끝까지 피하고 싶다는 게 놀랍기만 하다. 목소리 때문에라도 카리스마는 글렀다는 건 진작에 알았고, 책 파는 일의 어려움은 꾸준히 알아 가고 있다. 결국 처음의 예상에서 벗어나지 않은 건 하나다. 책 만드는 일은 계속 즐거우리라는 것. 이걸 다행이라고 해야 할지.

5년쯤 출판사를 운영하니 이제 사람들은 초기 자본보다는 가장 잘 나가는 책이 무언지, 손해가 나지 않으려면 몇 권 정도가 팔려야 하는지를 궁금해한다. 가장 많이 팔린 책을 말하고 나면 영락없이 "그래서 몇 권?"으로 이어진다. 슬쩍 피해 보려 해도 통하지 않을 때가 있다. 한 출판 관계자가 특정 책을 콕 집어 판매 수를 묻길래 대답을 했는데, 이내 그의 놀란 얼굴을 마주했다. 그것밖에 되지 않냐는 물음에 자그맣게 "네"라고 대답했다. 정확한 수를 말하기 민망해서 몇백 올려 말한 거였는데.

작은 출판사는 민망한 순간이 많다. 다행스러운 점이라면, 나는 무척 소심하고 예민하면서도 어느 면에선 놀랍도록 대범하고 덤덤한 편이라 그런 순간들을 웃으며 잘 넘긴다는 것이다. 이 책은 그 양쪽, 소심과 대범, 예민과 덤덤을 오가며 책을 만들어 온 이야기이다.

출판사 5년의 기록이지만 출판사의 행적이기보다는 내 마음의 행적에 가깝다. 끝내 담지 않은 어떤 일들은 좀 더 시간이 지나 이야기할 수 있을 거라 생각한다. 그때의 나는 어떤 모습일지 궁금하다.

그럼 어느 좋은 날, 이 책이 당신에게 닿기를 바라고 즐겁게 읽는 글이 된다면 더욱 좋겠다.

당신의 꿈을
꿈꾸는 당신을
때로는 꿈꿀 여유조차 없는 당신의 날들을
응원합니다.

오해가 있다

책을 만들고 있다고 하자 오랜만에 소식이 닿은 고등학교 동창이 대번 "너랑 잘 어울린다" 한다. 그러면서 이렇게 덧붙인다.

"너 옛날에도 책 좋아했잖아."

옛 친구들은 편집자인지 디자이너인지 묻지도 않고 "책 좋아하더니 역시"라며 그럴 만하다는 듯 반응한다. 한두 번은 웃으며 "내가?" 하고 말았는데, 이런 일이 반복되니 곤란하다. 책을 싫어하지야 않았지만 '책 좋아하던 애'로 기억되고 이야기되는 건 아무래도 찜찜하다.

친구들의 말만큼이나 나를 난감하게 하는 말이 또 있다. 출판 일을 하며 만난 이들이 이미 답을 가지고 건네는 질문이다.

"대표님은 책 많이 읽으시죠?"

아무리 아니라고 단호한 어투로 답해도 대부분 농담이나 겸손의 표현쯤으로 받아들인다. 이 오해를 꼭 풀고 싶다.

많은 편집자와 저자, 책방지기들이 책을 향한 깊고 오랜 사랑을 이야기한다. '책벌레'로 불리던 소년과 소녀는 편집자가 되고, 작가가 되고, 서점 주인이 된 것이다. 그들에게는 책과 얽힌 기억들이 있다. 책을 읽느라 새운 밤은 셀 수 없고, 용돈을 받는 날이면 서점에 갈 생각에 아침부터 설렜다거나 집에 혼자 남은 날 정신을 차리고 보니 하루가 훌쩍 지나 있기도 했던 그런 기억. 당연히 읽은 책도 많다. 수많은 책이 그들의 십 대와 이십 대에 존재한다. 게다가 그 시절의 기억은 지금도 생생해서 언제 어디서 어떤 책 이야기가 나와도 막힘이 없다. 척 하면 척, 쿵 하면 짝이다. 힘과 위로가 되어 준 인생 구절 몇 개 정도는 줄줄 외우고, '함께 읽으면 좋은 책' 같은 고급 자료도 술술 나온다. 나는 가끔(정말 가끔이다) 내가 편집한 책의 제목도 바로 떠오르지 않아서 당황스러울 때가 있는데, 그들은 몇십 년 전에 읽은 책의 글귀를 마치 지금 눈으로 보고 있는 것처럼 분명하게 읊는다. 정말 너무 신기하다.

학창 시절, 내 주위에도 책을 손에서 놓지 않는 친구들이 있었다. 책을 몇 권씩 가방에 넣어 와서는 쉬는 시간이나 점심시간에 꺼내 읽었다. 그런 친구들은 친구 집에 놀러 가서도 방 구경을 하다 말고 책꽂이에서 책을 한 권 빼 들어 벽에 기대어 앉았고, 집을 나설 때면 집 주인에게 물었다. "나 이 책 빌려 가도 돼?" 웃고 떠드는 아이들 사이에서 꼿꼿하게 책을 읽던 H의 고요한 옆모습을 기억한다. 눈 나빠진다고 엄마한테 책을 뺏겼다는, 신화와도 같은 이야기의 주인공 H.

책을 뺏긴 게 나였다면 얼마나 좋았을까. 뭔가 출판사 대표의 서사답지 않은가. 그런데 내게는 비슷한 에피소드조차 없다. 책에 관한 한 과거가 아주 깨끗하다. 안타깝게도 그렇다.

책과 담쌓고 학창 시절을 보냈다는 건 아니다. 내용을 금방 잊어 먹기는 했지만 책을 읽었고, 또 좋아했다. 며칠을 책 속 세상에 빠져 지낸 적도 있다. 책 읽는 과제는 미루는 일이 없었고, 뒷이야기가 너무 궁금해 수업 시간에 교과서 아래 책을 펼쳐 두고 읽기도 했다. 그럼에도 책은 내게 첫 번째가 되지는 못했다. 내게는 책보다 더 좋은 게 늘 있었다.

학교에는 친구들이 있었다. 쉬는 시간이면 앞자리 친구의 머리를 빗기거나 땋고, (매일 보는) 친구에게 줄 엽서를 쓰고, 친구와 이어폰을 한쪽씩 나눠 낀 채로 윤상, 이은미, 015B의 노래를 들었다. 할 이야기도 많았다. 라디오 방송에 나온 사연, 어디선가 들은 심리테스트, 버스 정류장에 서 있던 잘생긴 애, 선생님 흉내 같은 건 두 번, 세 번 들어도 질리지가 않았다. 학교가 끝나고도 또 같이 놀고, 이제 정말 각자의 집으로 돌아가야 할 때는 내일 또 만날 수 있다는 사실에 즐거웠다.

집에는 엄마가 있었다. 엄마가 빨래를 하면 욕실 문 앞에 앉아서, 설거지를 하면 식탁 끝에 앉아서 그날 학교에서 있었던 일들과 친구에게는 보이지 못한

속마음을 풀어놓았다. 동작이나 표정까지 엄마가 꼭 봤으면 하는 대목에선 엄마를 불렀다. 이야기의 생명은 디테일이니까. 엄마의 이야기를 듣는 것도 좋았다. 아직도 그날의 기억이 선명하다. 거실 바닥에 누워 영화 〈해바라기〉(I Girasoli, Sunflower, 1970)의 love theme을 들었던 날. 곁에서 엄마가 영화의 줄거리를 들려주었는데 눈을 감아도 떠도 눈앞에 노란 해바라기 밭이 끝없이 펼쳐졌다. 심장이 몸에서 떨어져 나와 바닥을 뚫고 아래로, 아래로 한없이 내려가는 기분이었다. 태어나서 처음 느껴 보는 형태의 슬픔이었다. 어른은 이런 슬픔을 가슴에 품고도 또 아무렇지 않게 살아갈 수 있는 건가 생각했다. 엄마의 이야기 속에는 자주 그렇게 내가 경험하지 못한 것들이 담겨 있었다.

학원 생활, 교회 생활도 즐거웠다. 중1 겨울까지 다닌 동네 학원에서의 추억이 많다. 선생님들이 아이들을 정말로 좋아했는데, 수업이 끝나고도 학원에 남아 선생님과 놀았던 건 지금 생각하면 너무 죄송하다. 일요일엔 동네를 한 바퀴 돌아 친구들과 다 함께 교회에 갔고, 여름이면 어김없이 "흰 구름 뭉게뭉

게"*를 부르며 마음의 소망을 꺼내고 또 품었다.

나에게 일어나는 일들이 이미 충분히 재미있어서 책 생각이 잘 나지 않았다면 핑계일까. 학교에서나 집에서나 책은 늘 후순위로 밀려났다. 방황의 시절과 '인생 뭐 이따위' 같은 반항의 때에도, 우울과 불안이 내 세상을 집어삼킨 듯한 날에도 나는 책이 아닌 다른 것으로 향했고, 다른 것 안에 숨었다. 확실히 나는 책보다 다른 것들과 더 친했다.

책을 만드는 지금, 책은 내 일상의 첫자리에 있다. 하지만 독서의 형태로는 아니다. 글을 읽는다는 게 저자를 찾기 위한 방편일 때가 많고, 마음잡고 책을 펼쳐도 자꾸 딴것을 살피느라 바쁘다. 제목, 표지, 띠지와 후가공 여부, 목차, 한 꼭지의 분량, 문단의 나눔 등 뭐 하나 편하게 넘어가지 못하고 촘촘히 뜯어 본다. 만듦새와 내용 모두 훌륭한 책을 만나면 좋고 부럽고, 둘 중 하나라도 엉성한 책을 만나면 내가 다 안타깝다. 아예 글 자체를 읽을 수 없는 시기가 찾

* 여름성경학교 주제곡

아오기도 한다. 바로 책을 마감한 직후다. 그때는 내 글, 네 글 할 것 없이 글자를 보기도 싫다. 그런 날은 침대에 반듯하게 누워 가만히 천장을 응시하거나 유튜브로 영화 소개 영상을 이어 본다. 머릿속을 꽉 채운 활자들을 활자 아닌 다른 것들로 모조리 밀어내려는 노력이다. 물론 모든 편집자가 나와 같을 리 없다. 마감을 앞두고 읽을 책을 잔뜩 사 두었다는 어느 편집자의 글을 읽기도 했으니까. 그것이 어떤 마음인지 나는 알 것 같으면서도 모르겠다.

몇 년 전에 누군가와 이야기를 나누다가 본의 아니게 상대를 충격에 빠뜨린 적이 있다. 그가 말한 책을 내가 읽지 않아서였는데, 읽지 않은 책을 만나는 건 흔한 일이라 보통 나는 이런 때 덤덤한 편이다. 그런데 그날은 그가 너무 놀래는 바람에 미안하고 또 조금 부끄러웠다. 그가 알면 놀라 자빠질 이야기를 하나 하자면, 지금 나는 그날 그가 말한 책이 두 권 중 어떤 것이었는지 헷갈린다. 읽은 책도 잘 잊어버리는데 읽지 않은 책이야 오죽할까.

나에게 충격은 오히려 이런 것이다. SNS에 자주 보이는 높은 책탑, 직장을 다니고 아이를 돌보며 하루에 한 권씩 꾸준히 읽는 사람들. 인생의 어느 때가 아니라 언제라도 책을 첫 번째에 두는 사람들이 나는 놀랍고 신기하다. 『사생활들』에는 '여행 대신 책'이 란 제목의 글이 있다. 저자의 아린 사연을 읽고 나면 저기서 말하는 여행과 책이 단순히 '여행'과 '책'이 아니라는 걸 알게 되지만, 그럼에도 나는 여행 대신 책이라고 말할 수 없는 사람이다. 『사생활들』을 읽은 많은 이들이 자신도 여행 대신 책이라며 저자에게 깊이 공감하는 것을 보았다. 그런 글을 마주할 때마다 그들과 나 사이의 거리를 가늠해 보곤 했다.

학창 시절의 나는 시구詩句보다는 노래 가사에 가슴이 저렸고, 좋아하는 작가의 신작이 아닌 누군가 빌려 간 만화책의 도착 소식을 더 애타게 기다렸다. 그리고 지금은 책보다 유튜브를 더 자주 보는 사람이다. 이런 내가 출판사를 차렸다. 출판사를 하는 한 "책 많이 읽으시죠?"란 질문은 계속 받을 테고, 소식이 닿은 옛 친구로부터는 "책 좋아하더니 역시" 같은 말을 듣게 될 거다. 그러면 나는 또 같은 대답을 할 뿐이다. "아닙니다", "내가?"

40년 가까이 책은 내 인생에서 늘 한자리를 지켰다. 앞으로도 딱 지금 자리에 있을 것이다. 변함없는 것은 책뿐이 아니어서, 나도 변함없이 하루에 한 권을 뚝딱 읽어 내는 이들을 보며 속으로 '대박'을 외치고, 모두가 아는 그 책을 읽지 않아서 누군가를 놀라게 할 테다. 어쩌겠나. 나는 책 읽는 것보다 책 만드는 일이 더 좋은 사람인 걸. 이 이야기를 꼭 한 번은 하고 싶었다.

이게 다
좋아하는 마음 때문

책 만드는 일은 즐겁다. '즐겁다' 앞에 '아주'나 '굉장히' 같은 부사를 세 개쯤은 붙여야 실제 내 마음에 가깝다. 이렇게 말하면 싫은 것 하나 없이 마냥 즐겁기만 한 것으로 받아들여지겠지만, 일이라는 게 그럴 수가 있나. 괴로움은 늘 있고 그럼에도 괴로움이 즐거움을 이긴 적은 없었다는 의미이다. 좋아하는 마음이 항상 이겼다.

책을 만들게 된 이후로 어디서 무얼 보고 들어도 글감으로 연결하는 습관이 생겼다. 이게 책이 될 수 있을까, 이게 책이 되면 어떨까. 그러다 어떤 글 하나, 풍경 하나, 사람 하나 마음에 쑥 들어오면 이것을 발견한 스스로가 너무 대견하고, 완성될 책의 멋짐까지 미리 확신하게 되면서 내 안에 불이 확 붙는다. 마포구에 있는 '아직 독립 못 한 책방' 사장님의 이름이 '박훌륭'이라는 걸 알았을 때도 그랬다. 이름이 '훌륭'이라는데 어떻게 그냥 넘어갈 수 있겠나. 글을 재미있게 쓰시는 건 알고 있었으니 생각하고 말고 할 것도 없었다. 나는 이름에 대한 그의 이야기를 듣고 싶었다. 그렇게 『이름들』이 나왔다.

기획, 원고 집필, 편집, 디자인 작업 등 책이 만들어지는 과정은 어느 책이나 동일하지만 사람이 다르고 글이 다르고 디자인이 다르니 모든 책이 처음의 설렘과 처음의 즐거움과 처음의 재미를 갖는다. 무엇보다 그 글을 읽는 첫 번째 사람이 나다. 그 기쁨이 얼마나 큰지 모른다. 친구에게 줄 선물을 미리 사 두고는 친구의 좋아할 얼굴을 상상하며 매일 디데이까지 남은 날을 꼽아 보는 기분이다. 내 돈 쓰고 내가 더 행복한 그런 것. 모니터 속 활자들이 디자인을 입었을 때의 감동도 엄청나다. 의외라고 생각할 수 있는데, 내지 디자인을 처음 마주할 때의 떨림이 무척 크다. 글씨체, 장제목 위치, 들여쓰기와 내어쓰기, 바깥 여백, 행간과 자간, 한 페이지 행의 수, 페이지 번호 등 이 책이나 저 책이나 별로 다를 것 없어 보여도 세상에 같은 책은 하나도 없다. 크고 작은 차이들은 이 책을 이 책답게 만드는 이 책만의 질서다. 흰 바탕에 질서정연하게 줄 서 있는 문장들을 보면 손끝이 저릿저릿할 만큼 전율이 온다.

제목을 정하고 표지까지 만들어지고 나면, 즐거운 면지* 선택의 시간이 찾아온다. 책 만드는 즐거움을 이야기하며 이것을 빼놓을 수 없을 만큼 내가 사랑하는 과정이다. 면지 색상에 따라 책의 느낌이 완전히 달라지기에 살짝 들뜨기도 한다. 표지를 펼쳐 놓고는 여러 색을 하나씩 대 보는 것이 마치 중요한 약속을 앞두고 귀걸이를 바꿔 가며 거울을 볼 때의 기분 같달까.

그렇게 네모난 책이 만들어진다. 누군가의 기억

* 표지와 본문 사이에 들어간 종이

속에 머물러 있던 일과 감정들이 글이 되고, 글로 존재한 이야기가 책이 되는 것이다. 내가 하는 일이 그것이다. 그리고 그 일을 나는 아주 굉장히 좋아한다. 한 가지 재미있는 것은, 책이 나오면 한동안은 거리나 카페, 식당, 그 외 어디에서든 표지 색상과 같은 색의 사물을 내가 기가 막히게 찾아낸다는 거다. 아니, 그것들이 전속력으로 달려와 내 눈앞에 선다는 게 맞겠다. 그래서 내 세상은 노랑이었다가 분홍이 되고 다시 주황을 입는다.

책 만드는 일의 하나부터 열까지가 모두 좋았던 탓에 출판사를 차렸다. 출판사를 운영하는 건 책을 만드는 것과는 완전히 다른 일인데, 그 다른 일을 벌이고 만 것이다. 이게 다 좋아하는 마음 때문이다. 좋아하는 마음이 클 때 사람은 용감해지고 부지런해지고 참을성이 많아진다는 걸, 기꺼이 불편함을 감수하고 눈이 멀기도 한다는 걸 이 마음을 품게 되면서 알아 간다.

'꿈꾸는인생'이란 이름으로

칩거 노동자로 살아가는 지금의 나만을 아는 이들은 의외라고 생각할 수 있는데, 조직 생활을 즐겁게 한 편이다. 좋아하는 일을 직업으로 삼은 것도 이유일 테고, 무엇보다 유쾌하고 유연한 사람들을 만난 덕이 크다. 회사 생활이 괴롭고 싫어서 내 회사를 차린 게 아니라는 말을 하려는 거다.

출판사를 시작한 이유는 하나다. '내 마음대로' 책을 만들어 보자는 것. 기획부터 마감까지의 모든 과정에 내 뜻이 온전히 들어가는 책을 만들고 싶었다. 저자의 인지도가 어떠하든, 인기 주제든 아니든 크게 상관하지 않고, 띠지 및 추천사 유무와 책의 판형 등을 스스로 결정하며, 내 취향과 신념을 고집해도 되는 것. 좋아하는 일을 원하는 방식으로 할 수 있다면 그건 일인 동시에 놀이가 될 수 있었다. 비즈니스로서 갖추어야 하는 것들에 대해서는 오래 고민하지 않았다. 여러 조언을 다 따르자면 결코 시작할 수 없었다. 하다 보면 길이 보이겠지. 부르마블에서 빌딩을 살 때도 이보다는 치밀하게 따져 보지 않을까 싶지만, 사람은 때로 모든 책임을 홀로 지는 일 앞에서 단순해지고 과감해진다.

사실 출판사 창업은 별로 대단하지 않다. 출판은 신고만 하면 창업이 가능한 신고제 사업이다. 관할 구청에 가서 출판사 신고를 하고, 신고 확인증이 나오면 세무서에 가서 사업자 등록을 하는 것으로 끝이다. 게다가 독립적인 사무실이 없어도 책을 만드는 데는 지장이 없기 때문에 초기 비용도 적게 든다. 운영은 전혀 다른 이야기지만, 출판사를 차리는 건 생각보다 쉽다.

사업자등록증을 받아 든 날을 기억한다. 누구는 사업자등록증을 받으니 부담과 책임감이 밀려와 마음이 무거워졌다는데, 나는 대체 어찌 된 인간인지 그저 좋기만 했다. 웃음을 참느라 볼이 다 씰룩거렸다. 집까지 오는 전철에서의 20여 분을 참지 못해 몇 번이나 가방을 열어 사업자등록증을 만져 댔다. 출판사 이름과 내 이름이 적힌 빳빳한 종이. 아무한테라도 자랑하고 싶었다. "저어, 제가 오늘 이런 걸 받았습니다."

집에 와서는 책상 앞에 세워 두고 마르고 닳도록 바라보았다. 꿈꾸는인생. 어쩌면 획 하나하나 이렇게 다 예쁘담. 모자란 구석이 없었다. 이제 저 이름으로 책이 나오게 될 것이었다. 잘 만들어야지. 즐겁게 만들어야지. 출판사 이름답게 꿈을 꾸게 하는 책, 그래서 살고 싶어지게 하는 책.

처음에 생각한 출판사 이름은 '꿈꾸는사람들'이다. 나에게 '꿈'(소망)은 매우 중요한 키워드라서 내 이름으로 시작하는 일의 대문에 꼭 넣고 싶었다. 나는 호기심이 많지 않고 단언하는 것을 매우 조심하는 사람인데 꿈에서만큼은 조금 다르다. 아이를 키우는 친구가, 그의 중학생 아들이, 인쇄소 과장님이, 필라

테스 원장님이, 단골 초밥집 사장님이 어떤 꿈을 가지고 있는지 궁금하고, 꿈을 기억하며 살아가는 한 이룰 수 있다고 누구에게라도 말하고 싶다. 가끔 꿈이 없다고 말하는 이들을 만나면 나는 "꿈 없이 살면 좀 어때"라고 답한다. 꿈도 잠시 쉴 때가 있으니까. 그런데 그들이 모르는 게 있다. 꿈이란, 어떤 이름으로 불리거나 무엇을 배우고 또 갖는 것뿐만이 아니라 부드럽게 말하는 사람이 되고 싶다는 바람, 나 자신을 더욱 사랑하겠다는 다짐, 누군가를 용서하게 해달라는 소원까지를 모두 합한 것이라는 사실이다. 그러니 꿈은 우리의 매일에 맞닿아 있다.

꿈에는 개인이 그리는 가장 큰 행복이 담겨 있다. 그 행복은 확률과 형편, 조건이나 외부의 평가가 무력해지는 상상력에 기초하는데, 나는 그 상상력을 사랑한다. 그리고 그것이 가진 힘을 믿는다. 먼 미래의 어느 날에 대한 것으로 끝나지 않고 지금 여기에서 오늘의 나를 위로하고 격려하며 내가 그리는 모습으로 나를 이끌 것이라고.

이것이 내가 책을 만들며 전하고 싶은 마음이다. '꿈꾸는사람들'은 그런 내 마음을 모자람 없이 표현한 이름이었다. 여기저기 말하고 다니다 보니 오래전부터 내 것이었던 듯 정이 들어 버렸는데 출판사 등록을 앞두고 이 이름을 사용하는 출판사가 이미 있다는 걸 알게 되었다. 상심이 컸지만 어쩌랴. 그렇게 출판사 이름은 '꿈꾸는인생'이 되었다.

간혹 출판사 이름을 붙여 쓰는 데 특별한 이유가 있는지 묻는 사람들이 있다. 대답을 할 때마다 조금 쑥스럽다. 좋아하는 출판사인 남해의봄날의 뭐라도 닮고 싶었다는 게 이유여서다. 정말 딱 그거였다. 의도한 건 아니지만 결과적으로 음절 수까지 같으니 뭔가 운명 같다고, 혼자 의미 부여를 할 만큼 꽤나 진심이었다. 그런데 이 이름 때문에 은근히 귀찮고 불편한 일이 자꾸 생겼다. 어딘가에 소개가 될 때면 '꿈꾸는 인생'으로 표기되는 경우가 많은 거다. 이름을 만든 사람으로서는 너무 고치고 싶은데, 이게 수정을 요청하기에는 난감하다. 잘못 표기되었다는 걸 아무도 모르는 것은 둘째 치고, '제대로' 붙여 쓰면 오히려 표기 오류처럼 보이니 말할까 말까 망설이다가 그냥 두는 쪽을 택한다. 이럴 거 굳이 왜 붙여 썼나 허무해하면서. 말하지 않아도 '꿈꾸는인생'으로 알아줄

만큼 유명해지는 수밖에 없다.

　내 마음을 담은 이름이 공식적으로 찍힌 첫 문서, 사업자등록증은 이제 책장 안에 고이 모셔져 있다. 요즘에는 펼쳐볼 일이 거의 없지만 이 한 장이 갖는 의미는 여전히 크다. 그것이 있기에 꿈꾸는인생 이름으로 계속 책을 만들 수 있고, 그 이름으로는 나만 그럴 수 있다. 출판사 이름을 쓰고 말할 때마다 처음 그 이름을 지으며 가졌던 마음을 생각한다. 이름다운 책을 만들어야지 하고. 사람들이 우리 책을 찾고 읽으며 입으로 또 속으로 꿈꾸는인생을 발음할 때도 이름의 의미가 그들 안에 닿기를 바란다. 그래서 그 마음에 꿈이 자라고, 각자의 인생에서 다시 좋은 것을 기대할 수 있게 되면 좋겠다.

블로그와 인스타

　책을 소개하고 출판사의 일상을 기록할 공간으로 블로그를 생각한 건, 한때 그곳에 열심히 글을 올리기도 해서였다. 그런데 세월이 많이 흘렀다는 걸 미처 생각하지 못했다. 그사이 기능은 새로워지고 나는 영 적응을 하지 못해 디자인을 정하는 데도 절절맸다. 감각도 예전 같지 않은 건지, 아니면 원래 훌륭하지 않았던 걸 이제야 알아챈 건지 이리저리 틀을 바꿔 보다 그냥 하얀 바탕에 회색 선을 둘렀다. 며칠을 고민한 게 무색했다.

　문제는 온라인에 친구가 없다는 것이었다. 아직

출간한 책이 없어 올릴 글도 없었지만, 글을 올린다 해도 읽을 사람이 없으니 좀체 흥이 나지 않았다. 글 잘 쓰는 친구들과 번갈아 가며 책 소개를 하던 것은 금세 흐지부지되었고, 주변에서 권유하는 '1인 출판사 창업기' 같은 건 영 자신이 없었다. 첫 책도 나오지 않은 출판사가 뭐 할 말이 있다고. 어쩌지, 뭐 쓰지, 큰일이네 하다가 점점 블로그와 멀어졌다. 그렇게 블로그는 이름만 남았다.

첫 책이 나온 후 인스타그램으로 옮겨 갔다. 비교적 텍스트의 부담이 적기도 했고, 책 소개뿐 아니라 가벼운 일상 글을 올리기에도 SNS가 더 나아 보였다. 무엇보다 SNS는 작은 출판사를 알리기에 효과적이고, 또 개인(대표)에 대한 호감과 호기심은 자연스럽게 출판사로 이어진다(고 들었다). 그런데 바로 그게 문제였다. 나는 남들이 흥미를 가지거나 동류로 여길 만한 무언가가 없는 사람이다. 반려동물 안 키움, 술/커피 안 마심, 맛집이나 카페 투어 하지 않음, 주식 안 함, 수집하는 것 없음, 사진 잘 못 찍음, 비건 아님, 요리 천재 아님, 그림 못 그림, 유행에 민감하지 않음, 덕후 기질 없음…. 결국 책 이야기 말고는 할 게 없었다. 겨우 첫 책이 나온 출판사는 무엇이든 만들어 내야 했다. 첫 책과 두 번째가 될 책의 문장들을 멋진 이미지와 함께 올리고, 개인 소장 책 중 표지 색이 비슷한 것들끼리 모아 사진을 찍어 책 속 문장과 함께 올렸다. 표지 색대로 책을 정렬하는 오랜 습관 덕에 겨우 찾아낸 아이템이었다.

　한동안 정말 많은 시간을 SNS에 할애했다. 팔로워를 늘려야 한다는 생각에 전투적으로 뛰어들었다. 출판사 계정에 꾸준히 글을 올리는 것은 물론, 모 출판사 마케터가 했다는 대로 우리가 출간하는 책과 접점이 보이는 글을 찾아다니며 하트를 누르고 정성껏 댓글을 달았다. 댓글을 달기 위해선 사진만 보거나 글을 대충 읽어서는 안 되었다. 손바닥만 한 화면으로 매일 백 개 정도의 글을 정독했다. 눈알이 뽑히는 것 같았고, 욕심을 부린 날엔 밥맛을 잃었다. 글을 올릴 때는 게시물의 노출과 도달에 효과적이라는 시간대를 지키려고 애썼다. 출근 전, 점심시간, 퇴근 전후. 인스타그램 사용자가 직장인만은 아닐 테지만 뭐든 처음 배우고 시작할 때는 경험자의 말을 따르는 게 안전하다. 간혹 저 시간대를 놓치는 날엔 더 많은 계정을 방문해 흔적을 남겼다. 잠자리에 들었다가도 '딱 10분만 더 하자'며 어둠 속에서 핸드폰을 여는 날이 많았다. 눈을 감으면 얼룩덜룩한 잔상이 어둠 속에서 어지럽게 춤을 췄다.

출판사를 시작한 게 아니면 결코 하지 않을 일이었다. SNS라니, 하루에 백 군데라니, 먼저 아는 척이라니. 힘든 것도 사실이고 하루 종일 SNS를 끼고 있는 게 웃기기도 했다. 그런데 한편으로는 이 일이 좋았다. 다분히 의도적인 접근이었지만 다양한 삶의 모습을 보는 건 일 이상의 의미를 가졌다. 재미있게 사는 사람이 많은 만큼 슬픔 중에 있는 사람도 많았고, 우울과 불안을 가까스로 견뎌 내고 있는 사람도 있었다. 그 감정들에 깊이 공감할 새 없이 다음 계정, 또 다음 계정으로 이동했지만 잠시 스친 감정들은 내 안에 흔적을 남겼던지, 어느 날은 조금 더 즐겁고 어느 날은 조금 더 울적했다.

가끔 짧은 글 하나에 속수무책으로 마음을 빼앗기는 경우가 있었는데, 그러면 지금 하는 일의 목적을 잊은 채 계정을 천천히 둘러보았다. 하트를 누르고 싶은 글과 사진이 천지여도 하트 남발이 혹 진정성을 의심받는 이유가 될까 봐 최대한 자제했다. 한 계정이라도 더 들러야 하는 책임 막중한 입장에서 스스로 한곳에 발을 묶는 건 일종의 업무 태만이었지만, 잠시 한눈을 팔고 나면 다시 달릴 힘이 차올랐다.

당시 나의 가장 큰 기쁨은 단연 새로운 하트와 팔로워였다. 얼마간이 지나 인스타그램에 접속했을 때 알림이 떠 있으면 그렇게 기쁠 수가 없었다. 잘했다, 수고했다 말해 주는 이 없는 상황에서 그것이 유일한 보상이었다. 한 명 한 명 팔로워가 늘수록 신이 났고, 동시에 게시글 몇 개 없는 신생 출판사 계정에 팔로워 한 명 늘어나는 게 얼마나 어려운 일인지를 알아 갔다. 백 군데 가까이를 다니며 흔적을 남겨도 하루에 다섯 명 늘리기가 어려웠다. 단 한 명이 늘지 않은 날도 더러 있었다. 기운이 빠졌지만 어찌 보면 당연한 일이었다. 게시글 몇 개 없는 낯선 출판사를 팔로우 해 준 이들이 관대한 것이었다.

가끔 팔로워가 1만에 가까운 개인 계정을 보면 너무 신기했다. 어떻게 저게 가능하지? 무얼 하는 사람일까? SNS 세상을 잘 모르는 사람은 8천, 9천이라는 수가 도무지 가늠이 되지 않았다. 그 숫자는 내가 영원히 닿을 수 없는 크고 위대한 산 같았다. 나는 그만큼을 바라지 않았다. 내가 처음 목표한 숫자는 300이었다. 300명이 꿈꾸는인생을 팔로우하면, 그 300명이 매일 우리 계정을 들어오는 게 아니라는 걸 알아도 일단 안심이 될 것 같았다. 그런 날이 과연 오기는 할까. 매일 300을 속으로 외치며 인스타그램을 열고 닫았다. … 겨우 5년 전 일인데 무척 오래전 일 같다.

해 보지 않은 일을
한다는 것

서점 거래부터 시작해서 출판사 운영에 관련한 여러 정보를 얻기 위해 작은 출판사들이 모여 있는 온라인 카페*에서 관련 내용을 샅샅이 찾아 읽었다. 그곳엔 내가 앞으로 겪을 일을 이미 겪은 이들의 경험담이 생생하게 남아 있었다. 가장 놀란 점은, 책을 살 때마다 펼치던 서점 웹사이트 첫 페이지에 출판사를 위한 공간으로 넘어가는 링크가 있더란 것이었다. 이렇게나 가까운 곳에 내가 찾던 정보가 다 공개되어

---

* 꿈꾸는 책공장 https://cafe.naver.com/bookfactory

있었다니 기분이 묘했다. 하긴 책을 사기만 할 때는 그 아래까지 스크롤을 내릴 일이 없었으니까.

창업 선배들은 여러 정보를 공유했는데 뭐 하나 쉬운 게 없어 보였다. 어느 서점은 출간 도서가 몇 종 이상은 되어야 계약이 가능하다, 신규 거래의 경우 출간 예정 도서 목록을 준비해 두는 게 좋다, 공급률 높이는 건 어렵다, 배본사는 꼭 있어야 한다 등 계약서를 쓰기도 전에 주눅이 들었다. 공급률이니 매절이니 배본사니 모르는 것투성이었다. 좋아서라고는 해도 직업으로 삼은 일의 시작에 낭만은 없었다. 내가 반드시 해야 할 일, 알아야 할 일, 알아야 하는데 이해가 안 되는 일, 이해는 되는데 자신이 없는 일, 이해가 된 건지 아닌지조차 모르겠는 일들만이 나를 기다리고 있었다.

그 모든 것 중 나를 가장 두렵게 하는 건 세무였다. 세무에 관해서는 아는 게 정말 하나도 없어서 글을 읽어도 먼 나라 말 같기만 했다. 감조차 안 왔다. 세상의 많은 일이 그렇듯 돈을 쓰면 간단히 해결될 일이었지만 이제 막 시작하는 입장에서 세무 대행은 가당치 않았다. 배보다 배꼽이 커지는 일이기도 했고, 기본적인 업무는 파악해야 한다고 생각했다. 잘하는 사람이 잘하는 일을 하는 게 맞다는 주의지만 일단은 내가 해 보는 것으로.

세금 관련 업무를 알아보며 영화 〈나, 다니엘 블레이크〉의 장면을 자주 떠올렸다. 심장병으로 일을 할 수 없게 된 주인공은 질병 수당 신청이 기각되자 구직 수당 신청과 항고 신청을 위해 생애 처음으로 인터넷에 도전한다. 도움을 받으러 찾은 도서관에서, 글씨 입력 칸에 마우스를 올리라는 선생님의 말에 그는 모니터 위로 마우스를 갖다 댄다. 나에게 짧은 웃음과 긴 울음을 주었던 장면이다.

나는 마우스라고 불리는 것에 한 손을 올려 둔 채 낯선 표가 그려진 사각형을 마주하고 있는 다니엘의 심정이었다. 세금계산서니 원천세니 간이지급명세서니 하는 본격적인 업무는 둘째 치고, 홈텍스 사이트에 로그인만 해도 숨이 찼다. 화면 가득 펼쳐진 단어들은 어쩜 이럴 수 있나 싶을 만큼 전부 생소했다. 대체 어디서부터 손을 대야 하는지, 무엇부터 알아야 하는 건지 막막했다. 다행히 세상엔 친절한 사람들이 많아서 항목별로 화면을 캡쳐해 아주 상세한 설명까지 덧붙인 자료를 찾을 수 있었고, 나는 그것을 출력해 손가락으로 하나하나 짚어 가며 천천히 마우스를 옮겨 다녔다. 숫자 하나 입력할 때마다 숨을 참았다.

세무 일이 유독 긴장됐던 건 해 본 적 없는 일이어서도 그렇지만 까딱 실수라도 하면 큰일이 벌어질지 모른다는 두려움 때문이었다. 불안감은 어두운(왜 어두운지는 모르겠으나) 조사실에서 국세청 직원과 마주 앉아 있는 내 모습으로 이어졌고, 몰랐다는 말을 되풀이하며 울먹이는 것으로 끝이 나곤 했다. 상상은 늘 그렇게 극단적으로 흘렀다. 그런데 기어코 사고를 치고 말았다. 첫 사업자현황 신고와 종합소득세 신고를 마친 후 나는 내가 항목 하나를 잘못 기입했다는 걸 알게 되었다. 끝내 이렇게 되고야 마는구나, 나는 이제 잡혀가는 건가… 자책과 초조함 사이를 오가느라 정신이 빠져 있는 내게 지인이 조심스레 물었다.

"혹시 연 매출이 2억 넘어요?"

아… 그는 단숨에 나를 안심시켰다. "국세청은 매출이 큰 기업을 살피기도 바빠요." 그렇지, 이게 맞다. 나는 구멍가게라고도 말할 수 없는 수준이고, 무엇보다 세금을 안 낸 것이 아니라 항목을 잘못 기입한 것이며, 혹 벌금이 나온다 해도 큰 금액일 수가 도저히 없다. 조사실 어쩌고 하며 덜덜 떠는 내가 지인은 얼마나 어이없었을까. 나를 놀리는 대신 차분히 안심시킨 그는 분명 훌륭한 인격의 소유자다. 그해 내가 신고한 연 매출은 2천이었다.

이제 세금계산서 발행과 원천세 신고 같은 건 두렵기보단 귀찮은 업무가 되었다. "해 보면 안다"는 창업 선배들의 말은 사실이었다. 어떤 일이든 반복하면 익숙해진다는 걸 또 배운다. 처음 접하고, 안 해봐서 어렵고, 나머지 좋은 것들이 다 싫어질 만큼 스트레스를 주는 무언가도 꾸준히 하다 보면 편해진다. 그러니 시간을 믿어 보는 거다. 앞으로 만나게 될 또 새롭고 어렵고 두려운 일들에도. 아 물론, 돈 많이 벌어서 전문가에게 맡기는 게 최고라는 생각엔 변함이 없다.

첫 책의 의미

첫 책, 『가위바위보를 좋아하는 스물두 살 태훈이』에 대해 말하려면 먼지 S의 이야기를 해야 한다. S는 대학에서 만난 친구로 많은 관계가 그렇듯 친해진 계기는 기억나지 않는다.

학교 근처에서 함께 밥을 먹는 중이었다. S가 자신의 동생에게 장애가 있다는 이야기를 처음 꺼냈다. 음식에서 눈을 돌려 S를 바라보기까지의 몇 초간 나는 어떤 반응을 보일지 결정해야 했다. 호락호락 넘어가지 않겠다고, 집을 나서며 다짐한 터였다. 하지만 그 이야기는 어떤 식으로도 농담이 될 수 없는 것이었다. 나는 진지하게 S의 이야기를 듣기로 했고, 그렇게 S의 동생에 대해 알게 되었다. 그날은 만우절이었다.

그로부터 십여 년이 지난 2017년 겨울, S가 인천의 작은 책방에서 열리는 전시를 소개해 주었다. 〈스물한 살, 태훈이〉. 발달장애 아들을 키우는 어머니의 그림 전시였다. 포스터의 한 면에는 작가의 인사말이 적혀 있었다.

안녕하세요. 저는 올해 21짤 청년 아들의 일상을 그림으로 표현하고 있는 엄마입니다. 아들은 자폐성 장애 청년입니다. 아들은 같은 말과 질문을 반복하며, 혼잣말을 계속하고, 성대모사를 즐기며, 가위바위보와 버스 타는 것, 뛰는 체(아는체)하는 것을 좋아합니다. 아들은 아직도 말하는 것이 더디지만, 엄마는 21짤 아들이 하는 말이 이뻐서… 너무나 이뻐서 그 한마디 한마디를 놓칠세라 적어 뒀다가 그림일기를 쓰고 있습니다.

'네가 좋아할 것 같아서'라는 친구의 예상은 적중

했다. 평소 장애인에 관심이 있었던 것도 아닌데, 이건 꼭 가야 한다는 이상하고도 강렬한 끌림이 있었다. 유독 바람이 매섭던 날, 인천의 책방으로 향했다.

포스터의 그림과 '21쫠'에서 눈치는 챘지만 이렇게 계속 피식거리게 될 줄은 몰랐다. 작은 공간을 가득 채운 작가님의 그림과 짧은 글들은 '자폐성 장애 아들을 키우는'이란 말의 의미를 새롭게 알아 갈 만큼 시종일관 유쾌하고 따뜻했다. 아무도 없는 공간에서 작가님의 그림일기를 들추며 웃다 울다 했다. 여전히 어린아이에 머물러 있는 스물한 살 아들의 말과 행동을 이처럼 귀엽게 바라볼 수 있는 건 함께 지나온 세월과 사랑으로밖에는 설명이 안 되었다. 아들의 모습을 있는 그대로 받아들이게 된 시간, 그리고 소중히 여기는 마음.

그해 가을, 나는 누군가를 몹시 싫어했다. 이기적이고 유치한 걸 다 알고 있는데, 그렇지 않은 척 구는 게 너무 꼴 보기 싫었다. "참 좋은 사람이에요"라는 말을 듣고 있는 그를 보며 속이 터져서 "좋은 사람 아니다, 아니다!" 막 소리치고 싶었다. 다른 사람은 몰라도 나는 속지 않았다. 왜냐하면 그 꼴 보기 싫은 사람이 바로 나였으니까.

　나는 왜 이 모양일까, 왜 더 성숙한 인간이지 못할까, 이 나이를 먹고도 왜 이럴까. 내가 나인 것이 괴롭고 힘들었다. 이것밖에 안 되는 나에게 화가 치밀기도 했다. 당시 내게 있었던 일들을 글로 풀어내기는 어렵고 복잡하다.

　가을이 끝나갈 즈음에야 나를 향한 미움에서 가까스로 벗어났다. 전시는 그 지독한 시간을 갓 지나온 나에게 선물과도 같았다. 성인이 되었지만 어린아이인 채로 남아 있는 아들을 그 자체로 인정하고 사랑하고 또 기뻐하는 어머니를 보며, 이런 거지 같은 나를 그런 마음으로 바라보고 안아 주는 존재가 있음을 새삼 떠올렸다. 내 모자란 모습 그대로 받아들여짐을 확인하는 건 나의 썩 괜찮은 점을 발견한 것보다 훨씬 크고 확실한 위로였다. '나 참 형편없지만, 이럼에도 사랑받고 있어.'

　책방 사장님께 명함 전달을 부탁했다. 기획이고 마케팅 전략이고 없었다. 이 뜻밖의 웃음과 위로를, 장애인과 그 가정에 대한 이해를, 이해와 사랑의 관계를 다른 이에게도 전하고 싶단 생각뿐이었다. 더 많은 이들이 들어야 할 이야기였다. 한 가지 걸리는 게 있다면 아직 출판사를 시작하기 전이라 내가 두고 온 명함이 당시 재직 중이던 출판사 명함이라는 것이었다. 작가님이 오해하기에 딱 좋은 상황이었다. 명함 속 출판사로 생각했다가 아직 사업자 등록도 하지 않은 1인 출판사의 제안이라는 걸 알고 실망하면 어쩌지, 그러면 나는 어떤 말로 그분을 안심시키지, 아니 나에게 누군가를 안심시킬 말이 있기나 한가. "제가 지금 다니는 회사를 그만두고 곧 출판사를 차릴 예정이거든요." 아무리 생각해도 참….

결론부터 말하자면, 작가님과 나는 함께 책을 만들기로 했다. 책 내는 일에 한 번도 관심을 가져 본 적 없는 작가님께는 출판사 이름 같은 건 문제가 되지 않았고, 작가님의 글과 그림을 사랑하는 내게는 작가님이 컴퓨터를 사용하지 않는 게 조금도 문제가 되지 않았다. 몇 달간 작가님의 그림을 스캔하고 작가님의 손 글씨 원고를 한글 파일로 옮겼다. 작업 방식조차 이 책다웠다. 그 모든 과정이 좋았다.

내 마음과 달리 주변 사람들은 첫 책에 부정적인 입장이었다. 장애에 대한 인문학적, 사회학적 접근이 아니라 그림일기 형식의 에세이라는 점(가볍지 않아?), 성인 남자의 모습이 책의 2/3를 차지한다는 점(부담스러운데), 독자가 매우 제한적일 수밖에 없다는 점(이 책을 살 사람이 몇이나 되겠어) 등이 이유였다. 또 첫 책은 출판사의 정체성을 보여 주는 것인데 자칫 '장애', '특수교육' 전문 출판사로 인식될 수 있다고도 했다. 정작 내 돈 들여 찍어 낼 출판사 대표는 깊게 따져 보지 않은 것들을 주변에서 하나하나 끈질기게 물고 늘어졌다. "꼭 첫 책일 필요는 없잖아."

어느 것 하나 허투루 듣지 않았다. 오래 생각하고 고민했다. 그들 말대로 꼭 첫 책일 필요는 없었다. 그런데 뒤로 미뤄야 할 이유도 찾지 못했다. 주변에서 애정을 담아 건넨 우려들은 앞으로도 줄곧 따라올 것들이었다. 소재를 풀어내는 방식(분야)은 계속 고민하게 될 테고, 출판사가 유명해지지 않는 한, 인기 작가와 작업하지 않는 한, 사회적 이슈와 맞물리거나 흥미로운 주제가 아닌 한, 결국 '이 책을 읽을 사람이 있을까'로 수렴되는 물음에서 자유롭기는 어려웠다. 그리고 출판사의 정체성은 첫 책으로 결정될 것이 아니었다. 그러니까 장애라는 다소 진지한 주제를 그림일기로 풀어낸 이 글이, 나는 아무리 생각해도 첫 책으로 알맞게 여겨졌다. 내가 꿈꾸는 인생을 통해 전하고 싶은 가치들을 담고 있다는 것으로 충분했다. 끝내 이것을 첫 책으로 내고야 마는 나를 보며 모르긴 몰라도 '거참 말 더럽게 안 듣네' 했을 거다.

책이 나오고 한동안 장애 관련 책 문의를 꽤 받았다. 특수교육 종사자들로부터 함께 작업을 할 수 있는지 묻는 메일을 받기도 했고, 한 기관과는 연락을 지속하며 해외 출판사를 통해 관련 자료를 받기까지 했다. 출판사로 연락을 해 오는 이들은 내가 출판사 첫 책으로 이 주제를 선택한 이유를 궁금해했다. 개인적인 이유가 있을 거라고 예상했는지 가족이나 친구 중에 장애인이 없고, 장애인 관련 활동을 해 본 적도 없다고 말하면 다들 의외라는 듯 놀랐다. 이상하게 들릴지 모르지만 내게는 그것이 바로 이유였다. 내가 장애인을 잘 모르고, 장애인이 있는 가정에 대해 깊이 생각해 본 적이 없어서 새롭게 알게 된 것들이 더욱 큰 의미가 되었다. 그리고 무엇보다 이 글은 사랑을 말하고 있었다.

남들과 다른 아이를 낳고, 키우고, 그 아이와 함께

나이 들어간다는 게 어떤 것인지 경험해 보지 않으면 알 수 없다. 나는 이 책이 장애와 장애인과 그 가족을 조금이나마 이해하도록 돕고, 같은 상황에 있는 이들을 격려하며, 장애를 떠나 사랑과 이해가 필요한 모든 이에게 도움이 될 거라고 생각했다.

다시 S 이야기. 책을 작업하는 중에, 또 출간 이후에 S에게만 할 수 있는 이야기들이 있었다. S는 내 고민과 의문들에 가장 필요한 대답을 해 주었고, 어느 한쪽으로 치우치기보다 정확한 정보를 알려 주려 했다. 책 제목을 정할 당시, 주변 사람들의 반응이 가장 좋았던 〈태훈아, 같이 가자!〉를 막은 것도 S다. 장애인을 가족으로 둔 이들에게 '같이 가자'는 다른 의미가 될 수도 있다는 걸 그때 처음 알았다.

S가 왜 그 전시 포스터를 보며 나를 떠올렸는지, 왜 내가 좋아할 거라 생각했는지 궁금하다. 평소 내가 장애인에 대한 이야기를 한 적이 없었을 텐데. 아무튼 출판사 첫 책으로 꼭 맞는 이야기를 찾고 잘 엮어 낼 수 있었던 건 S 덕분이다.

책을 소개하는 일이
이리도 어려워서야

　서점 첫 미팅은 예스24였다. 이 책에 대해 가장 잘 말할 수 있는 사람인 내가, 담당 MD에게 직접 책을 소개하는 이 기회를, 절대 날려 버리지 않겠다고. 그런 다짐으로 파이팅이 넘쳤으면 좋았으련만 그런 열정은 없었다. 서점 미팅은 내게 흔들리는 치아를 묶은 실 같았다. 약속을 잡아야 하는 시점이 다가올수록 긴장감에 목이 조였고, 그 긴장감은 여의도 일신 빌딩 지하 1층에서 극에 달했다.

　접견실에서 다른 미팅 중인 MD를 기다리는데 다리가 달달 떨렸다. 어느 쪽을 향해 앉아도 좀처럼 진정이 되지 않았다. 접견실 입구를 바라봐도, 벽을 마주해도, 접견실 안으로 눈을 돌려도, 핸드폰을 들여다봐도 곧 닥칠 시간에 대한 두려움은 커지기만 했다. 이게 이렇게까지 괴로울 일이 아닌데 괴로워서 괴롭고, 내가 이런 일을 이렇게까지 힘들어할 사람이 아닌데 힘들어서 또 괴로웠다. 그 와중에 타 출판사 직원들의 모습은 이미 충분한 괴로움을 더욱 키웠다. MD 앞에 앉은 자세부터 웃으며 앞머리를 넘기는 손짓에까지 여유가 흠뻑 묻어 있었다. 의자 옆에 아무렇게나 놓여 있는 가방조차 나보다 자연스러웠다. 부러웠다. 단순히 처음이어서, 경험이 없어서 어색한 게 아니라 나는 영원히 이 일이 어색하고 민망할 것 같다는 슬픈 예감.

출판사의 첫 책 소개는 금방 끝났다. 마치 원수의 책이라도 되는 양 나는 말을 아꼈고, 이리저리 책을 살피며 한 번씩 눈도 맞추는 MD에게 잘 부탁한다는 말도 제대로 못 했다. 하나라도 더 책의 매력을 전달해야 하는 사람은 질문이 없으면 입을 닫은 채 MD의 턱 끝 주변을 응시할 뿐이었다. 막막하거나 절망적이지도 않았다. 그냥 아무 생각이 없었다. 그날의 하이라이트는 꾸벅 인사를 하고 돌아서던 순간의 괴상한 몸짓이다. 내가 되게 이상하게 걸음을 떼고 있다고 분명히 느꼈다.

매장의 담당자를 만나는 일도 어렵기는 마찬가지였다. 종교 분야 담당자를 만나러 교보문고 강남점으로 향하던 날은 눈이 많이 내렸다. 버스에서 내려선 목까지 차오른 긴장감을 누르려 우산을 쓴 채로 조금 걸었고, 어깨도 마음도 젖은 상태로 준비한 말을 되뇌었다. 업무에 방해가 되지 않게 최대한 빨리 만남을 끝낼 생각이었다. 그래, 할 수 있어. 너 대표잖아! 그런데 하필 그날,

"담당자 오늘 휴무예요."

휴무. 전날부터 내가 얼마나 마음을 졸였는데, 눈은 또 얼마나 왔고, 집에서 강남이 가깝기나 하나. 그런데 담당자가 없다니… 춤이라도 신명나게 춰야 할 판이었다. 이게 대체 무슨 행운인가. 믿기지가 않았다. 남의 휴무에 내가 이렇게 행복해질 수도 있는 거구나. 집으로 돌아오는 발걸음이, 마음이 깃털 같았다. 눈까지 내리니 낭만 그 자체였다.

스스로가 영업 체질이라고 생각했던 적이 있다. 출판사를 시작하기 3년 전, 선교사님의 글을 책으로 엮었다. 내 역할은 거기까지였는데, 나는 광화문으로, 종로로, 강남으로 다니며 책의 재고를 확인하고 입고 요청을 했다. 담당자가 자리를 비운 날엔 편지를 적어 책과 함께 맡겨 두기도 하고, 재입고가 된 날은 찾아가 잘 부탁한다는 인사를 전했다. 영 안 팔리던 것은 아니라 '명함도 없는' 영세함에 간절함을 더하면(출판사 직원이 아니라는 건 굳이 밝히지 않았다), 담당자는 며칠 후 잘 보이는 곳에 책을 진열해 사진을 찍어 보내 주기도 했다. 힘내라는 말과 함께. 누가 시킨 일도 아니고 알아서 해야 하는 내 업무도 아니었다. 그저 이 좋은 글이 더 많이 읽히길 바라는 마음에서였다. 게다가 서점 담당자를 만나고 책에 대해 이야기하는 게 얼마나 재미있는지, 적성을 찾은 것 같았다. 그즈음 친구들 앞에서 '아무래도 영업왕이 될 운명 같다'며 떠들어 댔다.

그랬던 사람이 이 모양이 되었다. 해도 그만 안 해도 그만이 아닌, 최선을 다 해야 하는 상황에서 입이 고집스레 붙어 버렸다. 내가 만든 책에 대해 말하기가 어쩜 이리 어려울까. 심지어 이토록 좋아하고 자랑하고 싶은 글에 대해서.

나를 괴롭힌 내 소극적인 태도가 진심 때문이라는 것은 차츰 알게 된 사실이다. 책과 관련한 모든 것이 내게 너무 중요해져 버린 거였다. 나는 이 글이 정말 좋고, 글에서만큼은 지지 않을 자신이 있고, 그래서 이 글을 잘 알리고 싶고 또 잘 알려야 하고, 그 일을 할 사람은 나뿐이고. 그러니 MD를 만나러 가는 길이 산책이나 나들이일 수가 없었다. 잘하고 싶은 마음이 커지고 커져 그 마음을 감당하지 못하게 된 것이었다.

슬픈 예감은 틀린 적이 없다지만, MD를 만나는 일이 영원히 어색하고 민망할 것 같다는 예감은 틀렸다. 책을 향한 진심은 그대로인 채로 나는 이제 그 일이 꽤 편하다. 충격적이게도 살짝 즐거울 때마저 있다. 책을 들고 온 출판사 직원에게 호의적이지 않은 MD는 지금껏 단 한 명도 없었고, 당연한 말이지만 그 모두가 책을 사랑하고 아끼는 이들이다. 첫 인문 분야 책인 『누구에게나 숨겨진 마음이 있다』를 냈을 때, 매장 홍보에 대해 아는 게 전혀 없는 내게 더없이 친절하게 작은 출판사가 할 수 있는 일을 알려 준 교보문고 강남점 MD를 잊지 못한다. 꿈꾸는인생의 첫 '작고 강한 색깔 있는 책'은 그분 덕분이다. 그때 정말 감사했다고 인사를 전하고 싶었는데 이후에 찾아갔을 때 자리에 계시지 않아서 인사를 하지 못했다. 그는 기억도 못 할 테지만 당신의 친절과 다정이 누군가에게 두고두고 되새기는 감사가 되었다.

일신빌딩 지하에서 목격한 타 출판사 직원들처럼 MD에게 친밀하게 구는 일은 아직 멀다. 그리고 나는 거기까지 나아갈 생각이 없다. 지금 이 정도로도 충분하다. 이 책이 나오면, 딱 이만큼의 편함으로 MD들을 만나러 갈 생각이다.

투고 메일을 받는 기분

메일함을 열고는 깜짝 놀랐다.

– 안녕하세요. 원고 투고합니다.

투고 메일이었다. 첫 책이 나왔을 뿐인데!

출판사를 시작하고 불과 얼마 되지 않아 확인한 사실은 '내 책'을 내고 싶은 사람이 참 많다는 것이었다. 인터넷 플랫폼에 글을 쓰다가 스스로 책을 만들기에 이른 사람들은, 텀블벅을 진행하거나 동네의 작은 책방에 책을 입고시켰다. 나에게까지 원고가 닿은 건 그런 이들의 열정 덕분이다.

이제 막 첫 책이 나온 출판사 대표는 첨부된 원고보다 이 사람들이 꿈꾸는인생을 알게 된 경로와 낯선 출판사에 원고를 보내는 마음이 더 궁금했다. 작가를 꿈꾸는 이들이 주기적으로 서점에 들러 신간 매대를 살핀다는 건 이후에 알게 된 일이다. 작은 출판사가 경쟁력 부분에서 오히려 인기 있다는 이야기도 들었다. 신간이 나오면 한동안 투고 메일이 늘어나는 이유였다.

연이어 몇 개의 메일을 받으며 누군가의 글을 이렇게 가만히 앉아서 받아 보아도 되는지, 그야말로 황송했다. 내게만 보내는 게 아니라는 것, 혹 내가 관심을 보이면 '여기가 어디였더라' 할 수 있다는 것쯤 잘 알고 있었다. 그런데 그런 건 아무 상관이 없었다. 꿈꾸는인생을 출판사로 여겨 주었단 사실만으로 고마웠다. 이상하게 들릴지 모르지만, 꿈꾸는인생 이름으로 책을 내는 것보다, 다달이 세금계산서를 발행하는 일보다, '나 정말 출판사 하고 있네'를 더욱 실감하게 하는 건 투고 메일이었다.

투고 메일에는 원고와 기획안 외에도 여러 정보가 담겨 있다. 저자에 관한 것은 기본이고, 여러 원고에서 겹치는 주제를 보면 요즘 사람들의 관심이 무엇에 집중되어 있는지를 알 수 있다. 기획안의 형식은 대개 제각각인데, 한번은 같은 날에 보내진 두 개의 메일이 기획안의 틀뿐 아니라 메일에 적은 글의 형식까지 동일한 적이 있었다. '성공 확률 100% 출판 기획안' 같은 강좌가 있다더니 그 실재를 확인하는 순간이었다. 저자들의 자기소개도 흥미롭다. 대부분이 온라인상에서의 활약, 곧 블로그 이웃 및 SNS 팔로워가 몇 명인지, 언제부터 활동을 했고 책과 관련한 어떤 모임을 가지고 있는지 등을 구체적으로 밝힌다. 가끔은 영향력 있는 온라인 친구들에 대한 설명이 추가되기도 한다. 그것을 보고 있으면, 예전, 그러니까 인터넷이 없던 시절에 출판사가 받았을 작가들의 자기소개가 궁금해진다. 지금의 블로그나 SNS 자리를 차지한 건 무엇이었을까.

이 시대는 저자의 활발한 온라인 활동이 책 판매에서 무시할 수 없는 요소가 되었다. 그것을 작가도, 출판사도, 서점도, 독자도, 심지어 인쇄소 직원도 안다. 신간 미팅 때 MD가 저자의 SNS 활동 여부와 팔로워 수를 물은 적이 있고, 인쇄소 실장님은 내게 이런 조언을 하기도 했다. "SNS를 활발히 하는 작가를 찾아보는 게 어떨까요?"

투고 요령과 방법을 묻는 이들에게(글쓰기나 기획안 작성을 물은 게 아니었다) 기본적인 안내와 함께 영싫지 않다면 꾸준히 온라인 활동을 하라고 권한 적이 있다. 원고의 질이 비슷할 때, 온라인 활동 여부는 분명 플러스 요인이 된다. 신인 작가일수록 그의 글에 관심을 가질 사람이 어느 정도 확보되어 있다는 건 엄청난 유익이기 때문이다. 여기서 한 가지 짚고 넘어갈 것은, 이렇게 잘 알고 권하기까지 하면서 정작 나는 저자의 온라인 활동에 종종 '흐린 눈'을 한다는 점이다. 의도한 것은 아니나 SNS에 별로 관심이 없는 저자들과의 작업이 더 많았다. 오죽하면 한 친구가 이렇게 물었을까. "혹시 SNS 팔로워 몇 명 이하가 출간 기준이야?"

저자의 온라인 활동만으로 보자면 놓친 대어가 몇 있다. 타이밍을 잰다거나 제작비 마련을 위해 지체하다가 놓친 것이 아니다. 출판사의 방향과 맞지 않거나 이미 그 주제의 책을 냈거나 그 분야에 대한 나의 지식이 부족하면 팔로워 수는 별 의미가 없었다. 그리고 무엇보다 글 자체가 내게 닿지 않을 때, 저자의 온라인 활동은 아무런 힘을 발휘하지 못했다. 출판 선배들이 들으면 혀를 찰 이야기지만 뭔가 한 '킥'이 없는 글은 늘 아쉽다(킥 같은 소리 하네). 이 '킥'을 설명하기란 쉽지 않은데 노력을 해 보자면 끌림 정도일 듯하다. 한마디로 매우 주관적인 감각이다. 한껏 들떠서 떠들어 댄 원고에 친구들이 심드렁했던 적이 있고, 어느 브런치 글을 보여 주었다가 친구들이 적극적으로 말린 적도 있었으니까 '킥'에 의존하는 건 바람직한 자세가 아닐 수 있다. 나도 안다. 그럼에도 '킥'이 포기가 안 되는 걸 어쩌나. 돈이 들어가는 일이니까 그 어느 때보다 냉정해질 줄 알았는데 내 돈이 들어가니 놀랍게도 훨씬 더 내 감상이 중요해지는 것을 경험한다. 이래서 1인 기업이 위험하다.

출판사와 글이 만나는 것도 연(緣)이 닿아야 하는 일이라고 생각한다. 그 글과 꼭 맞는 출판사가 따로 있다는 뜻이다. 실제로 꿈꾸는인생의 메일함을 잠시 스친 원고 중 어떤 것들은 좋은 출판사를 만나 책이 되었다. 비교적 많은 시간을 고민한 글이 다른 출판사에서 나온 것을 볼 때면, 한편으로는 기쁘고 다른 한편으로는 만약 꿈꾸는인생과 작업을 했다면 어떤 모양새의 책이 만들어졌을까 잠시 상상한다.

출간 종수가 늘면서 투고 메일도 늘었다. 소중하지 않은 글이 없다. 메일 창에 적힌 몇 줄의 인사말은 '복붙'일 테지만 그 안에 담긴 마음은 한 자 한 자 돌에 새기듯 진지하고 자못 비장하다는 것을 안다. 나의 글을 보인다는 게 얼마나 용기가 필요한 일인지, 특히 에세이의 경우, 개인에게 의미 있는 시간의 기록을 선택의 자리에 둔다는 게 쉬운 일이 아니라는 것을 알고 있다. 그러니 대단한 용기를 내어 준 이들에게 예의를 갖춰 인사를 전하는 게 마땅한데 내가 그걸 잘 못하고 있다. 출판 관련 카페에서 신인 작가의 시무룩한 글을 보고 찔린 적이 있다. 여러 출판사에 원고를 보냈고 어디에서도 답을 받지 못했다는 내용이었다. 확률적으로 가능성은 낮지만 혹시 내가 받은 원고면 어쩌지 싶어 가슴이 두근대기까지 했다. 그는 거절의 답이라도 받고 싶었을 텐데.

… 변명의 글을 적었다가 다 지운다. 소중한 글을 보내 준 데 대한 감사를 전할 수 있도록 노력하겠다. 투고 원고는 하루 날을 잡아 읽는다는 것, 홀로 이끌어 가는 출판사다 보니 속도가 느리다는 것, 작은 출판사라 한 해에 낼 수 있는 책이 정해져 있다는 것 정도는 말하고 싶다. 다시 한 번, 내가 출판사를 하고 있음을 실감하게 해 준 모든 분께 진심으로 감사를 전한다. 간혹 무례한 말투나 거짓말로 이력을 속이는 사람들에 씁쓸했으나 대개는 덕분에 행복했음을.

책 한 권,
소고기 한 근

　내가 어렸을 때 엄마는 무언가를 보면서 자주 소고기 한 근을 떠올렸다. "소고기 한 근 값이네." 각종 재화와 서비스를 소고기 한 근으로 바꾸어 놓는 엄마의 계산법이 그렇게 재미있을 수가 없었다. 엄마 입에서 "소고기 한 근"이 나올 때마다 마음으로, 때론 입으로 히히 했다.

　책을 만들며 내게도 그런 기준이 생겼다. 책 한 권. 정확히는 한 권이 팔렸을 때의 수익. 한때는 거의 모든 금액이 이것으로 환산되었다. 길을 걷다가 친구와 대화를 하다가 TV를 보다가 무심코 만나게 되는 숫자들이 다 새롭고 놀라웠다. 온 세상이 책 한 권씩을 품고 있다는 느낌 때문이었다. 꽃 한 송이에, 김밥두 줄에, 택배를 보내는 일에 나의 온 마음이 들어간책 한 권이 담겨 있다고 생각하니 가볍게 여길 만한것이란 세상에 없었다. 별 생각 없이 해 오던 행동 하나하나에 의미가 붙었다. 탁상시계의 건전지를 갈고,세탁소에 옷을 맡기는 일 등에도 정성을 기울이게 됐다. 책 한 권이 소중한 만큼 그것들도 소중했다.

돈을 쓰는 데 엄격해지기도 했다. 책 한 권을 떠올리면 과일이나 환절기 새 옷 같은 건 사치가 되었다.음식을 포장해 오는 것도 그만두는 게 맞았다. 일주일, 보름이 넘도록 그만큼의 책이 팔리지 않을 때가많았으니까. 책으로 돈을 번다는 건 그랬다. 그러니지출을 줄여 나가야 했다. 엄지손가락으로 가방 속지갑을 문지르다가 끝내 꺼내지 않은 날엔, 스스로가기특했다. 그런 작은 기특함들을 큰 거 한 방에 날리곤 했지만.

책 한 권을 떠올리며 소고기 한 근을 생각한다. 어린 내가 오락처럼 여겼던 엄마의 소고기 한 근. 네 식구의 밥상 책임자였던 엄마에게 소고기 한 근은 어떤 의미였을까. 상에 고기반찬이 오르고 동네 사람들에게 과일을 나누기도 하는 집이었으니, 재채기처럼 터져 나오던 엄마의 '소고기 한 근'이 슬픔이나 쓸쓸함은 아니었을 것이다. 그게 참 다행스럽다. 그 옛날 우리 집 밥상에서 고기 한번 보기 힘들었거나 엄마의 계산법이 시금치 한 단이나 두부 한 모였다면 당시 엄마의 마음이 어떠했든 상관없이 그걸 기억하는 지금의 나는 조금 서글플 것 같다.

오타는 잡초 같다

책 작업이 마무리될 때쯤엔 어김없이 인쇄 사고가 나는 꿈을 꾼다. 글씨가 온통 빨간색으로 인쇄되고, 표지가 면지처럼 얇은 종이에 찍히고, 본문의 반 이상이 백지로 나오는 등 나는 꿈에서 여러 사고를 경험한다. 이번 책에 쓰인 종이는 "비가 오면 늘어나서 책 사이즈가 바뀐다"는 황당한 이야기도 들어봤고, 책 내용에 오류가 있다며 신문 1면에 대문짝만하게 출판사를 규탄하는 기사가 실린 적도 있다. 얼마나 괴로웠는지 굳이 설명하지 않겠다. 오타는 단골 소재다. 어느 날의 꿈에선 저자가 책 속 오타를 찍어 보내

왔다. 맙소사, 책에는 '계속'이란 단어가 전부 '계솓'
으로 되어 있었다. 그럴 리가 없는데, 한두 개도 아니
고 전부 그렇다는 건 말이 안 되는데… 도저히 믿을
수가 없어 최종 파일을 확인하려 했지만 손이 너무
떨려 마우스 클릭이 되지 않고, 그러는 중에도 핸드
폰에는 새로운 오타 사진이 계속 떴다. 이런 꿈을 꾼
날은 온종일 피곤하다. 신통하지도 않으면서 혹 예지
몽이 아닐까 싶고, 꿈은 반대라는 말도 전혀 통하지
가 않는다.

　'오타 자연 발생설'이란 게 있다. 처음 그 말을 들
었을 때 순간적으로 웃음이 터졌지만 이내 입을 다물
었다. 오죽하면, 그래 오죽하면 저런 말이 나왔을까.
오타는 편집자에게 너무나도 큰 괴로움이다. '끔찍하
다'는 말로도 부족하다. 몰라서 틀렸든 아는 것을 놓
쳤든 제 역할을 제대로 하지 못한 것이니 자책할 수
밖에 없다. 책 한 권이 나오기까지 편집자는 그 글을
수없이 읽는다. 바로 그것이 편집자가 더욱 괴로운
이유다. 모니터로 읽고, 종이로 출력해서 읽고, 남이
만든 책 읽듯 편하게 읽고, 펜을 세워 한 자 한 자 짚
으며 읽고, 장소를 바꿔 가며 읽고, 국립국어원에 확

인해 가면서 읽고, 어떤 단락은 소리를 내면서 읽는다. 그런 글에서 오타가 나온 거다. 믿고 싶지 않다. 물론 편집자의 역할이란 게 오타를 잡아내는 것만은 아니지만, 아무리 기획과 구성이 훌륭하고 가독성 좋은 문장들이 담겼다 해도 오타나 띄어쓰기 오류가 몇 개 이상 발견되면 편집의 다른 작업들이 힘을 잃는 것이 사실이다. 편집의 기본은 맞춤법이니까. 글로 쓰니 차분하고 담담하게 풀어지는 듯한데(아닌가) 나는 뒤늦게 발견한 오타 때문에 소리 내어 운 적이 있고, 내가 이 일에 적합한 사람인지 심각하게 고민하기도 했다.

띄어쓰기 얘기도 안 할 수가 없다. 띄어쓰기 오류에 독자는 관대한 편이다. 이상한 자리에서 실수가 난 게 아닌 이상 글을 읽는 데 크게 방해가 되지 않는 것도 사실이다. 그렇다고 해서 편집자가 띄어쓰기에 소홀할 수는 없다. 나는 바른 띄어쓰기에 유독 집착하는 편인데 언뜻 보기엔 띄어 쓰는 게 자연스러우나 실제론 반드시 붙여 써야 하는 단어가 있어서 늘 긴장한다. 예를 들자면 '올려놓다'('놓다'가 보조동사가 아님), '한배'(우리는 이제 한배를 탔어!) 같은 것들. 따라서 표기법에서는 스스로를 믿지 않아야 한다. 끊임없는 의심만이 살길이다.

내 눈에 더 이상 보이지 않는다고 해서 완벽하다고 자신하지도 않지만, 어쩌면 매번 그렇게 그 자신 없음은 사실로 증명이 되는지. 봐도 봐도 안 보이던 오타와 띄어쓰기 오류가 책이 나온 후에는 슬쩍 훑어보는 중에 눈에 바로 박힌다. 아무 페이지를 무심히 펼쳤을 뿐인데 스스로 양각 효과를 내며 "나 여기 있지롱!" 하니 정말 미치고 팔짝 뛸 노릇이다. 특히 재쇄로 수정의 기회를 얻었음에도 잡아내지 못한 오타가 있을 때, 그 절망감은 이루 말할 수 없다. 꿈꾸는 인생에 그런 책이 있고, 심지어 너무 티 나는 오타라서 나는 그 책을 떠올릴 때마다 심장이 따갑다.

처음 책을 만들 때는 오타가 나오는 것 자체가 용납되지 않아서 병적으로 글을 읽었다. 잠자리에 누웠다가도 불안감을 이기지 못해 다시 일어나 책상 앞에 앉곤 했다. 한번은 몸이 많이 안 좋은 때였는데 충분히 본 원고였음에도 도저히 손을 뗄 수가 없어서 눈물을 뚝뚝 떨구며 원고를 읽었다. 그게 뭐 얼마나 도움이 되었겠냐만 그러지 않으면 마음이 괴로워서 죽을 지경이었다.

글이란 게 많이 보고 다듬을수록 매끄러워지고 오류를 줄일 수 있는 게 사실이다. 그런데 같은 글을, 오직 오타 및 띄어쓰기 오류를 찾겠다는 목적으로 반복해서 읽게 되면 대부분의 단어와 문장이 어색해지는 순간이 온다. 이때부터는 짧은 문장 하나 넘어가기가 어렵다. 이 단어를 원래 이렇게 썼나? 이런 단어가 있나? 심장이 철렁거리고 피가 머리로 쏠리면서 어지럽다. 아직도 생생히 기억하는 가장 괴상했던 단어는 "왜냐하면"이다. 왜냐하면? 왜냐하면? 태어나서 그런 단어를 처음 본 기분이었다. 일단 글씨가 너무 기괴하게 생겼다. 한글로 저런 조합이 가능할 리가 없었다. 입으로 소리 내어 읽어 보니 더욱 아니라는 확신이 들어 국립국어원 사이트에 접속했고, 잘못된 건 글자가 아니라 내 상태라는 걸 확인했다. 이런 상태에 도달해야 책 작업이 끝난다.

여기서 오타와 관련해 아주 중요한 한 가지를 말하자면, 디자이너는 절대 텍스트를 건드리지 않는다는 점이다. 누가 봐도 잘못된 표기법이나 목차와 실제 장제목의 불일치를 발견했을 때, 디자이너는 손대지 않는다. 그 대신 편집자에게 메모를 남긴다. "이 단어 한번 보시겠어요?" "목차와 장제목이 다르게 되어 있어요." "○○쪽 밑에서 둘째 줄의 저 표현이 맞을까요?" 네 일, 내 일을 구분 짓겠다는 게 아니라 보다 완전한 책을 짓기 위한 서로의 노력이다.

나도 디자이너도 책 작업이 거의 처음이었던 때, 외국어 오타를 발견한 디자이너가 혹 내가 무안할까 봐 말없이 알파벳 하나를 추가한 적이 있다. 지금 생각해도 아찔하다. 그걸 발견하지 못했으면 어쨌을까. 수정 부위만 확인하는 막바지 단계라 보지 않을 페이지였는데 정말 우연히 순간적으로 보게 되었고, 덕분에 책에는 바르게 들어갔다. 그 단어는 영어가 아니라 라틴어였다. 충분히 오타로 보일 만했다.

책을 읽다가 오타를 발견하면 나는 가장 먼저 그 책의 편집자를 생각한다. 오타의 존재를 알고 있을까 궁금하고, 알게 되었을 때의 심정이 짐작돼 마음이 쓰리다. 타인의 고통을 실감할 수 있는 건 내가 겪어 봤기 때문이다. 그런데 웃기게도 그 오타에 위로를 받기도 한다. 나만 오타를 내는 게 아니라는 것,

몇 개의 오타가 책에 대한 호감까지 바꾸지는 않는다는 것, 이 두 가지 확인이 오타의 공포에 늘 시달리는 편집자에겐 한 줄기 구원의 빛과도 같다.

처음 책을 만들던 때에 비하면 오타에 꽤 너그러워졌다. 아니, 오타를 잡아내지 못한 스스로에게 관대해졌다는 말이 맞겠다. 처음보다 관대해졌다는 거지 아무렇지 않다는 말이 아니다. 책이 나오면 한동안은 저자가 문자로 "대표님" 부르기만 해도 무섭고, 뭔가 낌새가 느껴지는 메일이나 SNS 메시지에도 심장이 툭 떨어진다. 그리고 역시나 오타 이야기일 때, 나는 손바닥으로 이마를 퍽퍽 치며 으악, 억 같은 소리를 낸다. 눈물을 찔끔 흘리기도 한다. 그래도 너무 깊은 자책에 빠지지 않으려고 안간힘을 쓴다. 부디 수정의 기회(중쇄)가 있기를 바라면서.

아무리 지독하고 집요하게 검색을 하며 살펴도 오타와 띄어쓰기 오류가 전혀 없는 책이 되기란 어렵다. 그래도 최대한 실수를 줄이는 방법을 찾자면, '맞춤법을 잘 아는' '낯선 사람'에게 글을 넘기는 것이다. 책 작업에 참여하지 않은 사람이 글을 꼼꼼하게 읽을 때, 이미 그 글에 익숙해진 눈이 놓친 오타가 기가 막히게 뽑혀 나온다. 물론 이 또한 완벽하다고는 할 수 없다. 나의 책 인생에서 가장 괴로웠던 오타 Best 3에 속하는 것이 무려 다섯 명이 검토한 책에서 나왔다. 그러니까 편집자로서 할 수 있는 일이란 최선을 다해 성실히 읽고 기도하는 것뿐이다. 제발 치명적인 오타는 아니기를, 독자의 불편함이 크지 않기를, 부디 수정의 기회가 있기를. 오타 없는 책을 기대하지는 않는다는 게 핵심이다.

회사로 걸려온 전화

"꿈꾸는인생입니다."

"거기가 상암동이 맞나요? 정확히 어딘가요?"

"저희가 출판산데 무슨 일로 그러시죠?"

"책을 구입하려고요."

"아, 책은 서점에서 구입하실 수 있어요."

"아는데 이 책은 출판사에 가서 사고 싶어서요."

"네에, 그런데 출판사에서는 책을 판매하지 않거든요. 서점을 이용하시겠어요?"

서점이 없는 동네

출판사로 전화가 걸려왔다. 돈을 송금할 테니 책을 한 권 보내 달라는 부탁이었다. 행사가 아닌 이상 출판사가 독자에게 직접 책을 파는 일은 없다. 안타깝지만 그렇다고, 사정을 설명하며 몇 가지를 묻는 내게 그는 동네에 서점이 없고 인터넷으로는 책을 사 본 적이 없다고 대답했다. "꼭 읽고 싶은데 어떻게 안 될까요?"

나이가 묻어나는 목소리에 나는 내 부모님을 떠올렸다. 오래 고민하지 않았다. 주소를 묻고 계좌를 알려 주며 온라인 서점을 통해 보낼 것이고, 그래서

10% 할인된 가격에 사시는 거라고 웃으며 말했다. 그냥 한 권 보내 드리겠다는 말을 목구멍 아래로 밀어 넣느라 애쓰면서.

놀랍게도 며칠 후, 다른 지역에 사는 사람이 같은 내용으로 전화를 했다. "돈을 송금하면 책을 보내 줄 수 있나요?" 역시 책 구매에 어려움을 겪고 있는 어르신이었다. 처음이 어렵지 두 번째는 쉽다지만, 선뜻 답하지 못했다.

온라인 서점을 통해 책을 보내 주는 것이 내게는 아무 일도 아니다. 하루에 열 번, 스무 번도 할 수 있다. 이동 중에도 할 수 있고, 밤에도 할 수 있다. 공짜로 딜라는 것도 아니지 않나. 고민의 지점은 이것이 개인으로 받은 부탁이 아니라 출판사로 온 요청이라는 점이었다. 곧, 그 요구에 응하는 건 내가 아니라 출판사였다. 출판사라면 어떤 대답을 하는 게 맞을까를 생각해야 했다. 그때그때 내 생각과 감정을 따르다 보면 출판사의 역할이 모호해져 버린다. 혼자 꾸려 가는 출판사여도 원칙은 필요했다. 여기까지 머리로는 정리가 되었는데 마음이 오락가락했다. '출판사 역할이란 게 따로 있을까. 이게 맞고 틀리고의

문제도 아니잖아. 책 읽으려는 사람을 돕자는 건데.'
'그래도 이런 경우를 자꾸 만들면 나중에 혼란스러운 상황이 생길 수도 있어.' 결정을 내리지 못하고 이말 저 말 빙글빙글 돌리는 중에 다행히 전화하신 분이 이용할 수 있는 서점이 있다는 걸 알았다. 서점에 요청하면 책을 구해 줄 거라고 말씀드렸다. 그분께도 내게도 감사한 일이었다.

서점이 없는 동네에 대해 생각해 본 적이 없다. 나는 늘 서점 가까이에 살았다. 집 바로 앞에 서점이 있었던 적도 있다. 지금 사는 곳에선 걸어서 갈 수 있는 서점만 다섯 군데가 넘고, 차로 20분 거리에는 대형 서점이, 다른 방향으로 20분 거리엔 책방 옆에 책방이 늘어서 있다. 골라서 가도 될 정도다. 그뿐인가. 24시간 불이 꺼지지 않는 온라인 세상마저 있으니, 나의 동네에는 어디에나 서점이 있다.

동네에 서점이 없다는 말을 들었을 때 내가 가장 먼저 꺼낸 말은 "인터넷 서점을 이용하실 수 있다"였다. 그게 가능했다면 출판사에 전화를 거는 일 같은 건 하지도 않았을 텐데, 그걸 알면서도 그랬다. 나로

서는 달리 할 말이 없기도 해서였다. 두 번째 전화가 걸려 오고 나서야 그와 내가 정의하는 동네가 서로 다르다는 걸 알았다. 그들이 말한 '동네'란 물리적인 공간이 아닌 삶의 자리였다. 누군가의 도움 없이 스스로 해낼 수 있는 일의 자리.

전화를 끊고는 주저주저하던 목소리를 떠올리다가, 그의 동네에 없을 또 다른 것들을 떠올리다가 조금 울적해졌다. 저녁에 주문한 책이 다음 날 아침 집 앞에 도착하는 시대에도 서점 없는 동네에 사는 이들이 있다. 나이에 관한 이야기만이 아니다.

두 사람이 읽기 원했던 책은 공교롭게도 같았다. 『예수는 믿는데 기쁨이 없어서』였다.

"사실은 나,
책을 내고 싶었어"

지금에서야 하는 말이지만 창업 초기 나를 난감하게 만드는 것 중 하나는 출판사 소식을 들은 이들의 연락이었다. 지구 반대편에서 일어나는 일을 실시간으로 알게 되는 요즘 세상에 내 근황 알려지는 게 뭐 그리 놀라운 일일까마는, 개인적으로 잘 알지 못하는 이의 연락을 받으면 반가움보다는 놀라움이 앞섰다. 어디서 들었을까. 말이 흐르고 닿는 건 가끔 무척 새롭다.

그런 연락이 난감했던 건 축하 인사 끝에 슬쩍 자신의 이야기를 꺼내는 사람들 때문이었다. "사실은 나 예전부터 책 내고 싶었어." 아는 사람, 이름과 얼굴만 아는 사람, 아는 사람의 아는 사람이 가슴에 묻어 온 꿈을 말하면 나는 몸이 굳었다. '사실은'이 등장하면 100%였다. 예전이라면 공감과 지지를 바탕으로 경청했을 이야기가 이제는 그렇게 부담이 될 수 없었다. 혹시라도 나에게 어떤 대답을 바라는 건지도 모른단 생각 때문이었다. 한번은 온라인 플랫폼에 꾸준히 글을 쓰고 있다기에 그건 매우 멋진 일이니까 크게 호응을 하며 읽어 보겠다 했는데, 그가 내 피드백을 기다렸다는 말을 한참이 지나 다른 이에게 들었다. 얼마나 미안했는지. 그때부터 말하는 데 더 조심하게 됐다.

글을 읽지 않은 상태에서는 어떤 이야기도 할 수 없다. 그러니 '사실은'으로 시작한 이야기에 내가 줄 수 있는 말이란 "한번 써 보자"가 전부이다. 그런데 그 아무것도 아닌 말이 입에서 떨어지지가 않았다. 그러다 진짜 열심히 써서 나에게 보내면 어쩌지 싶어서, 그 글을 나는 책으로 내고 싶지 않을 수 있을 것 같아서. 나는 아는 사람, 이름과 얼굴만 아는 사람, 아는 사람의 아는 사람의 글을 정말이지 받고 싶지 않았다. 간혹 적극적인 태도로 이것저것을 묻고 의지를 다지는 이들과 이야기를 나눈 밤은 괴로웠다. 곤란한 상황을 잘 풀어 갈, 상냥하되 내 의사는 분명히 담은 말을 준비해 두어야 했다.

반전이라면, 당장이라도 글을 쓰기 시작해 조만간 원고를 보낼 것 같았던 사람들 중 누구도 내게 원고를 보내지 않았다는 거다. "내가 꼭 꿈꾸는인생에 줄게"라고 말한 이에게서도 아무런 소식이 없었다. 그러니까 나를 지레 겁먹게 한 그 이야기는 첫사랑의 추억 같은 것이었겠다고 뒤늦게야 생각하게 되었다. 바쁘게 사느라 까마득히 잊고 있던 그 옛날의 소중한 무언가가 나 때문에 떠오른 것이다. 그 시절과 그 시절 속 자신의 모습이 그립고, 누구에게라도 말하고 싶은데 그 기억을 불러온 게 나이니 내게 말을 한 것이었을 테다.

'사실은'으로 시작되는 말은 꾸준히 듣는다. 처음 그때만큼은 아니어도 여전히 긴장은 된다. 곤란해지는 건 역시 싫다. 하지만 이제는 "열심히, 꾸준히 써 보자"라고 진심으로 응원하며 격려한다. 글을 읽고 쓰는 것이 그들의 하루하루를 좀 더 낫게 만들어 주기를 바라고, 새로운 작가의 탄생을 기대도 한다. 그들이 내게 원고를 보낼 확률은 매우 낮다. 하루를 충실히 살며 책 한 권의 글을 완성하는 게 어렵기도 하거니와 꿈꾸는인생이 그들에게 그리 썩 매력적인 출판사가 아닐 수 있어서다. 서점 한두 군데만 들러도 멋진 출판사가 열 손가락에 꽉 찬다. 그들은 여기 가까이 있는 내게 조언을 구하고 힘을 얻어서 저기 멀리 있는 멋진 출판사에 투고할 꿈을 꾸고 있을지 모른다. 나는 그들의 꿈을 힘껏 응원한다. 아, 속상해야 하는 일에 나는 자꾸만 안심이 되고, 기분이 좋고.

갑을 관계

한 작가님이 대화 중에 출판사를 '갑', 작가를 '을'로 표현했다. 작가는 선택을 받는 쪽이라는 게 이유였다. 그 의미를 왜 모를까. 답을 기다리는 자리에서는 자주 을의 기분이 든다. 많이 기다려 봐서 내가 잘 안다. 그럼에도 '작가가 을'이라는 데 전적으로 동의가 되지는 않았다. 그의 말대로 '선택을 받는' 쪽이 을이라면 갑과 을은 수시로 바뀌게 마련이다. 작가와 출판사의 관계에서 작가가 늘 '을'인 건 아니라는 말이다.

지금껏 어림잡아도 열 명이 훨씬 넘는 작가들에게

계약서를 건네기도 전에, 출판사를 소개하고 책의 기획을 전하는 단계에서 거절을 당했다. 이유는 다양했다. 먼저 계약된 책 작업을 해야 한다는 것이 대부분이었고, 당분간은 휴식을 취하고 싶어서, 내가 제안한 주제는 자신이 없어서 등이 있었다. 책 출간 경험이 없는 이들에게도 거절의 말을 들었다. '책씩이나' 낼 만큼 글을 쓸 자신이 없다는 답이 가장 많았다. 관심을 보였다가 작업 과정을 듣고는 물러선 이가 있고, 메일을 주고받는 중에 yes도 no도 아닌 상태로 연락이 뜸해져 내 쪽에서 대충 그 뜻을 알아챈 경우도 있다.

지금도 그렇지만 출간 목록이랄 게 없던 출판사 초기에는 더욱 작가들에게 연락을 하는 게 어려웠다. 출간한 책이 없으면 대표라도 뭔가 신뢰할 만한 구석이 있어야 하는데, 유명한 사람이 아닐뿐더러 출판 경험이 많지도 않고 알 만한 출판사에서 편집자로 일했던 것도 아니다 보니 출판사 소개가 너무 빈약했다. 대체 뭘 믿고 이 신생 출판사에 글을 주겠느냐 말이다. 이런 곳에 글을 주지 않을 대표적인 사람으로서 제안을 받은 작가들의 고민과 망설임을 나는 충분히 이해했다. 특히 에세이 시리즈인 '들 시리즈'를 기획하고 저자를 모을 때, 그 이해심이 크게 작동했다. 어느 작가가 함께하기로 했는지 묻는 마음, 고민이 길어지는 마음, 몇 호까지 계약이 되었는지 또 앞으로 몇 호까지 진행할 예정인지 궁금해하는 마음, 그 모든 마음이 다 내 마음 같아서, 흔쾌한 "오케이"를 들으면 도리어 내 쪽에서 '이렇게 빨리?!' 싶기도 했다.

거절을 당하는 게 아무렇지 않았다는 말이 아니다. 그럴 리가 있나. 거절의 메시지를 받으면 속이 쓰렸다. 한 번 더 생각해 달라며 말을 이어 가는 건 작가를 향한 애정이나 간절함보다는 눈치 없음으로 보일 것 같아서 두말하지 않았다. 드라마나 영화의 캐스팅 비하인드를 들어 보면, 배우를 수시로 찾아가고 비행기 옆자리까지 사수해 설득하기도 한다는데 그것도 할 수 있는 사람이나 하는 것. '언젠가 꼭 다시 도전하겠다' 정도의 말이 내게는 최선이었다.

거절하고 거절받는 건 여기서 흔한 일이라며 담담한 척 구는 내면에는 '작은 출판사'라는 자의식이 자리하고 있었다. 단순히 시기나 글 주제의 문제가 아니라 영원히 기회가 없을 것 같다고 생각한 것도 그 이유였다. '이왕이면 좀 더 이름 있는 출판사와 작업하고 싶을 테지' 하며 쉽게 체념했고, 당연한 마음이라 여기기도 했다. 물론 작가의 의도와는 전혀 상관없는 나만의 짐작이었다. 그런데 조금 이상하게 들리겠지만, 쓸쓸함과는 별개로 거절 메일들이 주는 위로가 있었다. 대부분의 작가들이 거절하는 이유를 정성껏 말해 주었고, 진심을 담아 책 제안에 고마워했다. 꼭 함께 작업을 해 보고 싶었던 어느 작가는 내가 제안한 주제로 이미 다른 곳과 계약을 했다며 아직 나오지 않은 신간의 제목과 그 주제의 글이 책 어디에 들어가는지까지를 일러 주었다. 고맙고 좋았다.

하나의 메일을 잊을 수가 없다.

– 기획하시는 시리즈 재미있어요. 염려하시는 것처럼, 작은 출판사라서 고사하는 것도 아닙니다. _____(대형출판사 이름)가 제안했어도 쓸 수 없다 했을 거예요. 그러니 부디 저의 거절이 대표님께 큰 서운함이 되지 않기를 바라요.

거듭되는 거절에 한껏 움츠려 있던 나는 그 메일에 조금 울었다. "저희가 작은 출판사라 신뢰가 안 가실 수도 있고요"라는 내 말에 대한 확실한 답변이었다. 출판사 때문이 아니라는 그 세심한 확인이 얼마나 고마웠는지 그는 알지 못할 것이다. 내가 가끔씩 그 메일을 열어 본다는 것도 모를 테지. 원래도 좋아했지만 더욱 충성스런 팬이 되기로 그 밤 다짐했다.

출판사와 작가는 서로 선택하는 관계다. 출판사가 건넨 손에 작가가 손을 얹을 때가 있고, 작가가 먼저 뻗은 손을 출판사가 맞잡을 때가 있다. 출판사와 작가 어느 쪽이든 건넨 손을 빈 채로 거두어들일 때도 있다. 물론 이 과정에서 '인기 있는' 쪽은 여럿의 선택을 받는 행운을 누리겠지만, 일이 진행되려면 쌍방의 선택이 필요한 것만은 분명하다.

앞으로도 꿈꾸는인생은 여러 작가에게 거절의 말을 들을 테고, 또 할 테다. 받든 하든 거절의 자리가 즐거울 리 없다. 어떤 거절은 유독 서럽기도 할 것이다. 그러니까 이 자리에 선 이상 마음을 씩씩하게 먹어야 한다. 갑이나 을로 나를 정의하지 않겠다고, 우리는 서로 선택하는 사이라고. 문득 『세계 여행은 끝났다』의 문장이 떠오른다.

회사가 나를 선택하듯 나도 회사를 선택하고 싶었다. 그리고 이 회사와 나는 서로를 선택했다. 우리가 서로에게 좋은 선택이었기를 바랄 뿐이다. (p.121)

책이 모두 불탔다

19년 12월의 첫 월요일, 거래하는 서점으로부터 팩스가 왔다. 지난 금요일에 주문한 책이 오지 않았으니 발송 여부를 확인해 달라는 내용이었다.

출판사의 오전 주요 업무는 서점들이 보낸 주문 내역을 확인해서 배본사 프로그램에 입력하는 것이다. 그러면 배본사는 서점-책-부수를 맞춰 당일에 각 서점으로 책을 발송한다. 출판사가 서점 입고 시점까지는 알 수 없지만 출고 여부는 프로그램을 통해 알 수 있다. 간혹 포장 담당자가 책을 담는 과정에서 한두 권이 빠질 수는 있어도 출고 자체가 아예 처리

되지 않는 일은 거의 없기 때문에 출고 상황을 매번 확인하지는 않는다. 그러니까 이건 단순히 담당자의 실수일 거라 짐작했다. 그런데 웬걸, 확인해 보니 지난 금요일부터 월요일 주문 건까지 모두 출고가 되지 않은 상태였다. 처음 있는 일이었다. 무슨 일이 있구나! 배본사 사장님께 전화를 걸었고, 전화는 긴 신호 끝에 음성사서함으로 넘어갔다. 저자 미팅이 있는 날이라 일단 집을 나서며 문자를 보냈다.

– 사장님, 배본사에 무슨 일이 있는지요?

얼마 후 사징님께 전화가 왔다. 나는 월요일 점심이 되어서야 지난 금요일 새벽에 일어난 화재에 대해 알게 되었다. 불이 난 건물에서 급히 나오느라 핸드폰을 챙기지 못한 탓에 출판사들에 직접 연락을 할 수 없었다고 했다. 그 대신 대부분의 거래처가 모여 있는 온라인 카페에 화재 소식을 알렸는데, 나는 주말 동안 카페에 접속하지 않아 까맣게 몰랐던 것이었다. 배본사 건물이 전소되었고, 피해액이 십억 대라는 말에 가슴이 쿵쾅댔다. 거듭 사과를 하는 이분이 지금 제정신일 리가 없었다. 현장에 있었으니 그 모든 것이 불길에 싸였다가 검게 변하는 걸 보고야 말았을 텐데. 떠올리기 싫은 그 일을 얼마나 많이 반복해서 이야기하고 있는 걸까. 그럼 저희 책은, 출판사들은 어떻게 되는 거냐고 묻지 않았다. 그보다는 힘내시라고 말하고 싶었다. 진심이었다.

전화를 끊고는 만나기로 한 작가님께 연락을 해 약속 시간을 조금 미뤘다. 그리고 지하철 플랫폼 의자에 앉아 생각했다. 무엇부터 해야 하지? …… 우선 집과 기독교 총판에 남아 있는 책의 수량을 가늠해보았다. 전체 4종을 다 합해 100권 남짓이었다. 재인쇄를 할 책과 부수를 결정해야 했고, 무엇보다 빨리 새 배본사를 찾아야 했다. 그 어느 때보다 정신이 맑았다.

그즈음 나는 엄청나게 스스로를 몰아붙이며 외주 일을 하고 있었다. 집에서뿐 아니라 전철이고 식당이고 병원이고 간에 틈이 날 때마다 원고와 펜을 꺼내 들었다. 그런 모습에 남들은 수백 버는 줄 알았겠지만 외주로 버는 돈은 한 달에 150만 원 정도였다. 간혹 단행본 외주가 추가되면 몸은 좀 더 고단하고 수 입은 좀 더 늘었다. 쉬지 않고 일을 한 이유는 하나였다. 다음 해 제작비 마련. 출판사 수익으로는 생활비도 해결이 되지 않아 외주비의 일부를 먹고 마시는 것에 사용하기는 했지만, 외주 작업의 첫째 목적은 '생활'에 있지 않았다. 그래서 품에 비해 돈이 적은 것도, 어깨가 뭉치고 눈알이 빠질 것 같은 것도 다 괜찮았다. 새로운 책을 준비할 수 있다는 게 기쁘고 감사할 따름이었다. 바로 다음에 올 책은 오랜 시간 관계를 맺으며 삶과 글을 보아 온 분의 시편 묵상 글*로 내가 여러 차례 졸라서 마침내 진행하게 된 것이었다. 그 책 하나만 생각해도 외주 작업은 충분히 의미가 있었다. 그런데 그 돈이 몽땅 재인쇄비로 들어가게 된 것이다. 와, 이 돈이 이렇게 쓰이네?

화재 소식에 나만큼이나 주변 사람들이 크게 놀랐다. 집으로, 핸드폰으로 음식과 음료가 배달되었고, 돈을 보내는 친구도 있었다. '불탄 이웃 돕기'라는 이름으로 책 홍보 그림을 거저 그려 주기도 했다. 그들은 내가 밖에선 씩씩하게 굴어도 집에서는 내내 울지

---

* 김종익, 『고단한 삶에서 부르는 소망의 노래』

도 모른다고 생각했던지 진짜 괜찮은 게 맞는지 넌지
시 물었고, "나는 책이 다 불탔다" 한마디면 무엇이
든 봐 주었다. 그러면서도 잘될 거라는 식의 격려나
앞으로의 계획을 묻는 일은 없었다. 내 안부만 잊지
않고 물을 뿐이었다. 그런데 나는, 그 일로 한 번도
울지 않았다. 뼈대만 남은 창고 아래 무덤처럼 솟은
검은 책더미 사진을 보면서도 울지 않았다. 잠도 잘
잤다. 그 일은 울거나 밤을 지새우며 풀어낼 감정의
덩어리를 만들지 않았다. 엎드려 우는 (척하는) 사진
을 찍어 SNS에 올리고, '화재의 책' 같은 말을 쓸 수
있었던 것도 그 일이 나를 깊게 할퀴지 않아서였다.

어떤 일은 오랜 시간 서서히 진행되다가 어느 때
에 이르러서야 '아!' 하고 알아차리게 만드는가 하
면, 또 어떤 일은 한순간에 덮치듯 찾아온다. 서서히
든 한순간이든 내가 막아 낼 수 없는 인생의 사건 앞
에서 나는 인간이 얼마나 작고 약한 존재인지, 인간
이 세우는 계획이나 뜻이 때로 얼마나 부질없는지를
배워 왔다. 결국 겸허만이 나의 마땅한 자리임을 깨
닫는 것이다. 세상에 존재하는 모든 것은 제자리에
있을 때 가장 안전하고 행복하다. 그런 면에서, 잊기

를 반복하는 나의 바른 자리를 이 정도의 일로 다시 확인하게 되었다는 데 나는 감사했다. 그리고 화재에도 불구하고 아직은 좋아하는 이 일을 계속 이어 갈 수 있는 것도 감사했다. 만약 (생각하고 싶지 않지만) 지금 그 일을 겪는다면 깨달음은 소중히 품은 채 출판사는 조기 종영하게 될 게 분명하다. 의지만으로는 안 되는 일도 있는 법이다.

보상에 관해 짧게 이야기하자면, 배본사는 화재보험을 들어 놓지 않았다. 따라서 배본사가 피해 출판사에 해 줄 수 있는 일은 없었다. 아니 책을 다루는 일을 하며 어떻게 화재보험을 들지 않을 수 있나 싶겠지만, 영세한 배본사가 화재보험을 들기는 어려운 것이 현실이다. 나도 이를 서점을 운영하는 친구를 통해 알게 되었다. 작은 출판사의 형편을 배려해 기본금을 낮게 책정한 신생 배본사였기에 더욱 그랬을 것이다. 내가 그곳을 선택한 가장 큰 이유도 고정비를 줄일 수 있다는 점이었다. 아무튼 보상이 전혀 없는 이 같은 상황에서 대한출판문화협회가 모금을 진행했고, 현물을 포함해 약 1억 2천만 원이 모였다. 위로금이었다.

책을 만들며 생길 수 있는 실수와 사고들에 대해 무수히 들었고, 그중 일부는 내가 겪기도 했다. 그런데 그 어디에도 '화재'는 없었다. 아무도 그것에 대해 이야기하지 않았다. 그건 책을 만드는 누구도 쉽게 떠올릴 수 있는 일이 아니었다. 그리고 그 일이 내게 벌어졌다. 어떤 일도 일어날 수 있는 게 인생이라는 것쯤 안다고 생각했는데, 아는 것과 그 '어떤 일'을 직접 경험하는 것은 하늘과 땅 차이임을 겪고 나서야 깨닫는다. 그러니 지금도 내가 '안다'고 착각하는 무수한 일들에서 나는 얼마나 무지한 상태일까.

절대 일어나지 않을 일이란 세상에 없다. 어떤 일도 일어날 수 있는 게 인생이다. 한 번 화재가 났다고 두 번은 없으리란 법도 없다는 말이다.

20년 여름, 새로 계약한 배본사 사장님으로부터 전화가 왔다. 발신자를 확인한 순간, 무슨 일인가 있음을 직감했다. 그날은 배본사 여름 휴가일이었다.

"대표님, 어제 택배 차에 불이 났어요."

다행히 인명 피해는 없었고, 내 위주로만 이야기하자면 그날 발송 도서는 몇 권 되지 않았다. 배본사 화재 이후 반년 만의 일이었다. (참고로 이 일은 택배

회사에서 보상을 해 준다고 들었다.)

얼마 전에 참석한 1인 출판 모임에서 배본사 화재를 함께 겪은 이를 만났다. 화재 이후 책을 쌓아 두는 게 불안해서 초판을 적게 찍는단 말에, 잊고 있던 그날의 감정이 훅 끼쳤다. 화재 이후 며칠간은 앞으로 책을 배본사에만 둘 수는 없겠다는 생각에 집에 둘 수 있는 책의 양을 가늠해 보기도 하고, 별도의 창고를 사용하는 것에 대해서도 고려했었다. 이 밤에도 무슨 일이 일어날지 모른다는 불안이 불쑥 일기도 했다. 그런데 염려와 불안은 놀랍도록 빠르게 지나갔다. 겁 많고, 사서 걱정하기론 뒤처지지 않는 내가 걱정을 곱씹지 않고 그 일을 지날 수 있었던 것이 새삼 감사하다. 곁에서 격하게, 또는 조용하게 응원을 보낸 이들에게도 다시 한 번 고맙다.

이제 내게 책을 만들며 생길 수 있는 일이란, 인생에서 일어날 수 있는 일로 확대되었다. 경계가 넓어진 만큼 나는 작아진 채로 내 바른 자리를 잘 지킬 수 있기를 기도한다.

혼자 일한다는 건
혼자 사는 것과 닮았다

　　스물일곱, 상도동에 작은 원룸을 얻으며 혼자 살기 시작했다. 한 시간 반이 넘던 출퇴근 시간이 20분으로 줄어든 것 외에도 감격은 수시로 찾아왔다. 뭐든 해도 되고, 무엇도 할 수 있는 나만의 공간은 바라보기만 해도 좋았다.

　　감격으로 시작한 독립생활은 한 달이 채 되지 않아 새롭게 정의되었다. '내가 움직이지 않으면 아무것도 해결되지 않는 삶의 형태'. 청소, 빨래, 설거지, 쓰레기 버리기 같은 일이야 각오했다고 해도, 창틀에 널어놓은 작은 손수건 하나 내가 걷지 않는 한 영원히 그 자리에 있을 거란 사실은 꽤나 충격이었다. 떨어진 샴푸와 치약을 채워 넣고, 헐거워진 냄비 뚜껑의 손잡이를 단단히 죄고, 벌레를 잡고, 가전제품의 A/S를 신청하는 일 모두 내가 해야 했다. 집주인이나 이웃과 껄끄러운 이야기를 나누는 것도, 가끔 누군가 대문 손잡이를 철컹 돌리고 저벅저벅 돌아서는 발소리에 숨을 죽이는 것도 다 내가 감당해야 할 일이었다. 집에서 일어나는, 또 집과 관련한 모든 일의 책임이 나에게 있었다.

출판사를 시작하며 스물일곱의 겨울을 떠올렸다. 십여 년이 흐르며 익숙해진 것들이 다시 새롭게 다가왔다. 뭐든 해도 되고 무엇도 할 수 있지만 내가 손을 뻗지 않으면 작은 손수건 하나 치워지지 않는다는 건, 맞아, 이런 것이었다. 외주를 주는 게 아닌 이상 출판사의 모든 업무는 내 몫이다. 저자를 찾는 일부터 시작해서 작업 제안 메일을 쓰고(주고받고), 계약을 하고, 일정을 짜고, 원고를 다듬고(주고받고), 제작 사양을 정하고, 디자이너를 섭외하고(파일을 주고받고), 인쇄소와 지업사에 견적의뢰서를 보내고, 발주를 넣고, 인쇄 감리를 보고, 보도자료를 작성하고, 출간 일에 맞춰 서점들 미팅을 하고, 그 사이사이 홍보 이미지를 만들어 SNS에 올리고, 이벤트를 진행하고…, 그러는 중에 새 책 작업을 시작한다. 월말과 월초엔 세금 관련 일도 해야 한다. 카드 뉴스에 넣을 이미지 찾는 거라도, 서평단 주소 취합해 책 포장하는 일 정도라도 누가 도와주면 얼마나 좋을까 싶지만 그런 누구는 없다. 미뤄 봐야 그 일 결국 내가 한다. 어차피 할 일 미리미리 해 두는 태도까지 갖추면 좋으련만, 그게 또 그렇지가 않아서 종종 스스로 멱살을 잡고 반성의 시간을 갖는다.

일에서 온전히 분리되는 것이 휴가라면, 지난 5년간 나는 휴가를 가져 본 적이 없다. 이유는 간단하다. 출판사에 나밖에 없어서. 집에 있든 여행을 가든 매일 아침 도서 주문 내역을 확인해 배본사 프로그램에 입력하고 출판사로 오는 팩스 및 전화를 받는 일은 내가 해야 한다. 휴가는커녕 오전에 병원 검사라도 잡힌 날엔, 혹시라도 주문서 입력을 놓칠까 봐(이 업무는 오전 마감이다) 핸드폰으로 알람을 맞춰 둔다. 투정이 아니라 현실이 그렇단 이야기를 하는 거다.

혼자서 일한다는 건, 업무와 연결된 모든 인간관계 속에 내가 있다는 것이기도 하다. 나는 대표이자 제작자, 편집자, 마케터(잘은 못해도), 회계(잘은 몰라도), 자잘하나 중요한 일들을 처리하는 사원 1로 각 자리에서 소통의 최전방에 서 있다. 저자, 디자이너, 인쇄소 및 지업사, 서점, 독자 등 전부 나를 통한다. 단순한 업무 확인 및 일정 조율부터 누군가의 마음을 살피고 격려하는 일, 책에 대한 따뜻한 감상에 감사를 표하고 다소 격양된 어조로 출판사를 비난하는 메시지와 질문에 답변하는 일, 무례한 전화에 예의를 다하는 일까지 잘 해내야 한다. 책 만들어 파는 일이니 그것만 잘하면 될 줄 알았지 사람 상대하는 일의 비중이 이렇게 클 줄 몰랐다.

나를 다독이고 격려하는 것도 내 몫이다. 유독 마음이 상하고 스트레스가 치받칠 때, 잠시 바람 쐬고 오라고(오자고) 말하거나 괜찮아, 힘들지, 힘내라고 말해 주는 동료가 내게는 없다. 이 답답한 상황을 알아주는 사람이 지금 여기에는 없어서 친구들에게 하소연 문자를 보내기도 하고, 집 근처 개천가를 걸으며 들숨과 날숨에 집중해 보기도 하지만 가장 흔하게는 유튜브를 본다. 여기서 핵심은 이미 본 영상을 본다는 것이다. 드라마, 예능, 리얼 버라이어티, 경연 프로그램 등 어디쯤에서 놀라고 웃고 감동이 밀려오는지 알고 있는 것을 앞에 두면, 묘하게 마음이 풀어진다. 모든 것에서 예측이 가능하다는 점에서, 자막이나 대사쯤 놓쳐도 아무렇지 않다는 점에서. 엔딩을 알기에 갈등도 긴장도 오해도 서운함도 자리할 여지가 없는 영상을 보며 숨을 고르다 보면, '그래 뭐 사실 별일 아니지' 싶어진다. 그런 점에서 유튜브 채널 〈영국남자〉에게 많이 고맙다.

쉴 때도 혼자 쉰다. 내게는 나름의 마감 의식儀式이 있는데 인쇄소에 데이터를 넘기고 모니터 검판까지 마치고 나면 무조건이다. 힘차게 방으로 들어가 침대 위에 반듯하게 누워 천장을 바라보는 일이다. 작업 중간중간 지쳐서 누울 때와는 아주 다르다. 그때는 다시 일어나야 한다는 압박감이 있다면 이제는 한없이 누워 있을 수 있다. '마침'의 감각이 발가락, 손가락, 머리카락 끝까지 채워져 묵직하게 나를 누르는 이 행복감이 엄청나서, 잠시의 이것을 위해 내가 이 일을 계속하고 있나 생각한 적도 있다.

혼자 일하며 자주 느낀 감정이 외로움이라고 말하면 많은 사람들이 말할 사람이 없다는 의미로 받아들인다. 하루 중 목소리를 낸 일이라고는 "자몽 허니 블랙티 톨 사이즈로 따뜻하게요"가 전부인 날이 있고, 물론 그런 날에는 혼자 일함을 실감하기도 하지만 내가 말하는 외로움은 그것과는 다르다. 이 외로움은 책임에 관한 것이다.

혼자 일한다는 이유로 주변 직장인들의 부러움을 사는 일이 잦다. 그런데 그들이 부러워하는 나의 자유는 사실 책임에서 온 것이다. 나는 꿈꾸는인생 안에서 무엇도 해도 되고 할 수 있는 동시에, 그 모든 무엇에 책임을 지는 사람이다. 책임자에게 대충은 없다. 일에 있어서나 관계에 있어서나 최선을 다해야 일이 돌아가고 스스로에게도 떳떳하다. 문제는 나의 최선이 들어가야 할 곳이 너무 많다는 거다. 힘을 짜내고 있지만 나의 최선이 나에게조차 아쉽게 여겨지는 때가 있다. 어느 때는 최선을 다하지도 못한다. 하필 그런 때에 일이든 뭐든 함께 하게 된 이들에게는 미안함이 크고, 누군가에게 최선을 다하지 못한 모습을 들키지 않았다고 해도 나만 아는 부끄러움은 나를 오래 괴롭힌다. 그러면 자괴감에 빠진 채로 아무도 묻지 않은 그럴 수밖에 없었던 이유를 내 안에서 부지런히 찾는다. 그런 순간들에 항상 외롭다. 숨거나 피할 곳이 없다는 게 이렇게 사람을 고독하게 하는지 전에는 알지 못했다.

그럼에도, 지금까지 말한 모든 것에 말하지 않은 어려움까지 합해도 나는 혼자 일하는 게 꽤 괜찮다. 좋다. 고집으로 불리기도 하는 나의 첫 마음을 지켜낼 수 있고, 쉽게 달라지는 마음에도 관대할 수 있다. 내가 움직이지 않는 한 손수건 한 장 자리를 바꿀 수 없는 1인 기업에서는 마음을 지키는 것도 바꾸는 것도 온전히 나의 뜻이라서, 책임을 지겠단 것도 나의 의지라서. 나의 뜻과 의지로 서 있을 수 있는 이 자리가 좋다.

바쁘고, 자유롭고, 외로운 자리에서 오늘도 햇살과 바람을 홀로 맞는다.

미안하다는 말 대신

디자인 업체에서 파일을 받아 기념품 제작 업체에 넘긴 날이었다. 한 빈은 디자이너가 수정을 잘못하고, 또 한 번은 디자이너가 파일을 잘못 주는 바람에 최종 파일을 다시 받아야 했다. 그 과정에서 디자이너와 연락이 바로 되지 않아 속을 꽤 끓였다. 납품 일을 맞추려면 반드시 그날 파일을 넘겨야 해서였다.

내가 디자이너에게 미안할 일은 아니었다. 그럼에도 나는 통화를 할 때는 물론이고 문자상으로도 '죄송한데', '죄송하지만'이라며 말을 시작했다. 번거로운 과정에 대한 유감의 표시이자 계속 연락을 하게 된 데에 대한 민망함이었다. 어느 순간 기분이 이상했다. 수정을 잘못하고 파일을 잘못 준 건 디자이너인데 왜 내가 계속 미안하다고 하고 있지.

미안하다고 말하는 데 주저함이 없다. 도리어 그 말이 너무 잘, 쉽게 나와서 고민이라면 고민이다. 어렸을 때부터 그랬다. 내가 실수를 한 때는 말할 것도 없고, 잘못의 원인이 나에게 없거나 잘잘못을 따질 일이 아닌 경우에도 나는 미안해했다. 나이가 들어서는 친구 관계를 넘어 식당, 병원, 우체국, 동사무소, 부동산, 대중교통 등에서 잠시 말을 나누거나 스치는 이들에게도 자주 미안하다고 했다. 일본에서 살다 온 K가 "지애 씨는 일본과 잘 어울려요" 했을 때, 나는 연예인 정준하가 자신의 일본인 아내에 대해 했던 말을 떠올렸다. 벽에 부딪히면 벽에게 '스미마셍' 한다던. 물론 K의 의도가 그것이었는지는 알 수 없지만.

내 입에서 나온 미안해 중 어떤 것은 사과가 아닌 유감이나 아쉬움을 담고, 상대의 양해를 구하는 인사였다. 학창 시절의 미안해를 예로 들자면 그 속뜻은 이렇다. 쉬는 시간에 네가 아닌 다른 친구와 더 말을 많이 한 게 잘못은 아니지만 네가 계속 삐져 있으니 속상해. 네 연애편지를 예쁘게 써 주고 싶었는데 평소보다 별로 안 예쁘게 써진 것 같아서 아쉬워. 갚겠다고 한 날에서 3주나 지났는데 아무 말이 없길래, 좀 더 기다리지 못하고 먼저 말을 꺼내게 되어 마음이 좋지 않네…. 속상한 마음, 만족스럽지 못한 결과, 어색하고 불편한 상황에 대한 내 감정이 '미안'이란 단어를 입은 것이었다.

간혹 전후 맥락이나 상황보다 말 자체의 힘이 더 세지는 경우가 생겼다. 내 미안해는 그 미안해가 아닌데, 미안해라고 한 사람이 나이므로 잘못한 사람이 내가 되어 버리는 거다. 나는 이걸 아주 일찍 알았다. 초등학교에 다닐 때 하루가 멀다 하고 삐져서 내 혼을 빼놓는 친구가 있었다. 정확한 이유를 모르는 때조차 나는 유감, 아쉬움, 속상함을 담아 '미안해' 쪽지를 보냈는데, 하루는 학교 모임에서 돌아온 엄마가 진지하게 말했다. "너 친구들한테 자꾸 미안하다고 말하지 마." 내 칭찬을 하는 다른 엄마들 앞에서 그 삐순이네 엄마가 벙글벙글 웃으며 그랬다는 거다.

"아니 지애는 뭘 그렇게 잘못하길래 맨날 우리 애한테 미안하단 편지를 써요?"

학창 시절과 직장생활을 지나며 나의 그 미안해 때문에 억울하거나 씁쓸한 일을 여럿 겪었다. '내가 진짜 다시는…'이라며 다짐해도 그때뿐, 어색하고 불편하고 민망한 상황에서 미안해 버튼은 수시로 눌러졌다. 그 버튼을 누르는 이가 바로 나라는 점에서 누구 탓도 할 수 없었다. 나는 이걸 스스로 '미안해병'이라 여겼다.

미안하단 말을 아끼자고 단호하게 마음먹게 된 건 출판사를 하고 나서다. 인간관계와 달리 수치와 문장으로 명료하게 정리되는 일의 영역에선 말과 글이 곧 의도이자 상황 설명이 된다. 1500부 인쇄, 2도 별색, 공급률 60%, 교보문고 납품 등에는 입장에 따라 달라질 이해나 숨겨진 의도, 너와 나 사이의 역사 같은 게 없다. 이것은 곧, 여기서의 '미안해'는 잘못을 인정하는 것이 된다는 의미다.

인쇄 사고로 책을 전량 다시 찍게 된 일이 있었다. 책이 나왔다는 연락에 들뜬 마음으로 인쇄소에 가 보니 감리 때는 보이지 않았던 가로줄 하나가 표지 전면에 그어져 있었다(선은 처음부터 존재했는데 배경색과 비슷해서 보이지 않았다가 감리 때 맞춘 색보다 연하게 인쇄가 되면서 드러나게 된 것이었다). 이런 때 보통 '표지갈이'라고 해서 표지만 새로 찍어 교체하는 방식으로 해결할 수 있는데 이번엔 그럴 수가 없었다. 표지갈이를 하면 책의 사이즈가 줄어들기 때문이다. 사고가 난 책은 하필 규격이 중요한 시리즈였던 것. 결국 본문과 표지 모두 재인쇄를 결정했다.

집으로 돌아오는 길에 한숨이 터져 나왔다. 멀쩡한 본문까지 몽땅 버려지는 게 너무 아깝고 일정이 밀리는 것도 속상했다. 책 나왔다며 저자에게 기대감을 심어 놓고는 불과 몇 시간 지나 재인쇄 소식을 전하는 것도 민망했다. 그런데 스스로가 한심해 죽겠는 보다 근본적인 이유는 재인쇄를 결정하는 과정에서 내가 연신 "미안하다"라고 말했단 점이었다. 어쨌든 인쇄소가 손해를 입는 건 사실이고 작업자는 한 소리 들을지도 몰랐다. 그리고 우리 책은 예정에 없던 재인쇄를 하게 되며 이후에 잡혀 있는 일정들 사이에 급히 끼어들게 되는 상황이었다. 이 모든 게 다 불편했다. 기계 문제에다 감리 때 맞춘 색상과 다르게 찍힌 것도 인쇄소 쪽의 문제인데 내 괴로움이 크다 보니 입에서 자꾸 미안하단 말이 나왔다. 나는 미안하단 말 없이는 불편한 상황에서 이야기를 나누지 못하는 사람인가.

이후 한 외주 업체와 갈등을 겪으면서, 이 오랜 미안해병을 또 한 번 마주하게 되었다. 짧은 통화에 다섯 번 넘게 미안하다고 하고 나니, 내가 아주 큰 잘못이라고 저지른 듯한 기분이었다. 업체가 지적한 출판사의 결정은 인간적으로 서운하거나 아쉬울 수는 있어도 잘못하고 말고의 일이 아니었다. 그럼에도 나는 통화하는 내내 두 손으로 전화기를 부여잡고는 죄송해요, 정말 죄송합니다를 이어 갔다. 상대가 목소리를 높인 것도 아니었는데. 그날, 업체와의 대화를 복귀하며 다짐했다. 미안하단 말을 아끼자, 정말 미안할 때만 그 말을 하자.

내 잦은 미안해를 대신할 말이 필요했다. 유감이나 속상함, 아쉬움은 전하되 잘잘못의 경계는 지킬 수 있는 말. 불편한 상황을 차분하게 풀어 갈 말. 부적절한 감정의 찌꺼기를 남기지 않을 말. 내가 찾은 말은 '마음이 무겁다'였다. "일이 이렇게 되어서 마음이 무겁습니다", "그렇게 생각하셨다니 제 마음도 무겁네요." 마음이 상하고, 일이 지체되고, 의도한 결과가 나오지 않아 답답하고 괴로운 상황에서 나는 이제 저 말을 쓴다. 미안해가 불쑥 튀어나올 때가 아직은 물론 있지만, 나는 계속 노력 중이다. 놀라운 건 마음이 무겁다고 말하면서 마음의 가벼움을 경험하고 있다는 점이다. 말 하나 바꾼 것으로 나에게 얼마나 큰 해방감이 찾아왔는지 모른다. 보다 적확한 표현이 가져다준 마땅한 감정이었다. 말이란 듣는 사람 이전에 말하는 이에게 먼저 힘을 발휘한다는 걸 이렇게 또 알아 간다.

당신과 나 사이,
우리의 취향 차이

출판사 재직 시절의 일이다. 제목의 글씨체가 분위기를 완성했다고 생각한 표지 시안이 모두의 마음에 들어 한 번에 통과가 되었을 때, "제목 폰트만 바꾸면 되겠다"는 말을 들었다. 너무 놀라 기절할 뻔했다. 내가 지금 무슨 말을 들은 거지?

디자이너와 나 사이, 저자와 나 사이, 디자이너와 저자 사이에는 취향 차이가 존재한다. 그러다 보니 제목을 짓고 표지를 정하는 일이 한 번에 끝나기란 어렵다. 각자 좋은 것 하나씩 나눠 갖는 게 아니라 가장 좋은 하나를 선택해야 해서 그렇다. 작업 여정을 함께하는 이들 모두 '예쁘고 멋지게' 만들자는 데 뜻을 합하지만 예쁘다, 멋지다는 인식 자체가 서로 다르니 '가장 좋은'에 대해선 이견이 생기기 마련. 이 제목이/표지가 '터진다'는 보장만 있다면야 내 취향 네 취향 할 것 없이 다 버릴 수 있을 텐데 시장의 반응을 예측하는 일은 한계가 있고, 결국 계속 이야기를 나누며 끝까지 치열하게 고민하는 수밖에 없다.

보통 디자이너가 4-5개의 표지 시안을 보내온다. 이때, 일차로 디자이너와 나의 취향 차이를 경험한다. 책에 대한 간략한 설명과 함께 글의 분위기를 전하고, 목차와 글 몇 개, 원하는 느낌(참고할 만한 이미지)을 디자이너에게 전달했는데 이게 내 의도와는 전혀 다르게 표현되어 돌아오기도 해서다. 내가 머릿속으로 그린 것보다 훨씬 근사한 경우가 대부분이지만 그조차 내 취향은 아닐 때가 있고, 드물게는 도저히 극복하기 어려운 경우도 있다. 아무리 요즘 '먹히는' 디자인이라 해도 나는 영 싫은 점, 선, 면, 색의 조합일 때, 대체 취향이 뭔가 곱씹게 된다. 이 시안이 반드시 디자이너의 취향은 아닐지 몰라도 어쨌든 그가 보기엔 좋다는 게 아닌가, 그리고 나는 취향 그게 뭐라고 이렇게까지 넘어설 수 없는 걸까 하고.

디자이너에게 받은 시안은 저자에게 보낸다. 우선 내 의견은 숨기고 저자의 감상을 알려 달라고 한다. 저자와 나의 1순위가 서로 다른 건 충분히 이해할 수 있고 예상 가능한 일이다. 그런데 1순위가 다른 정도를 넘어 나의 1위가 저자에겐 꼴찌가 되고, 내가 가장 별로라고 생각하는 시안을 저자가 첫째로 꼽는 건 다른 이야기다. 겪을 때마다 머리가 띵하다. '그렇지, 사람은 모두 다르니까' 같은 온화한 마음을 갖기가 힘들다. 아니, 어떻게 그럴 수가 있지. 어떻게 저게 1순위일 수가 있어! "제목 폰트만 바꾸면 되겠다"급 충격이다.

간혹 저자가 특정 시안에서 이미지나 배경색 등을 바꿔서 보기를 원할 때가 있는데, 한번은 저자의 요청을 디자이너에게 전하다가 "○○색이요?" 하며 디자이너가 깜짝 놀라 되묻는 바람에 함께 웃음이 터진 적이 있다. 귀를 의심한다는 듯한 뉘앙스였다. 디자이너로서는 애초에 자신이 보기에 가장 좋은 것으로 작업한 것일 테고, 저자가 원하는 그 색상은 후보군에도 없었을 수 있다. 디자이너는 색상 교체 작업을 하며 불안에 떨었을지도 모른다. '설마 이 색으로 결정하는 건 아니겠지…', 덜덜.

저자의 1, 2순위가 결정되면 나의 1, 2순위와 합친 다음 그중에서 두세 개를 골라 SNS에 공개한다. 독자의 반응을 살피는 거다. 아직 글을 읽지 않은 이들의 선택이란 점에서 의미심장하고, 독자들 간의 취향 차이를 확인하는 재미도 있다. 어떤 이는 큼직한 제목이 좋아서 선택하는 시안을 또 다른 이는 바로 그이유로 피하고, 누구는 단순해서 마음에 든다는 디자인을 누구는 밋밋해서 별로라고 한다. 색상을 중요하게 여기는 이가 있고, 색상보다는 그 안에 들어간 이미지에 주의를 기울이는 이가 있다. 이쯤 되면 친구말마따나 "어차피 모두의 만족이란 없으니 너무 용쓰지 마라"가 정답인 듯싶다.

독자는 제목과 표지 이미지 사이에서 나름의 의미를 찾기도 하는데, 책을 만드는 사람들과는 전혀 다른 입장을 보일 때가 있어서 흥미롭다. 이건 취향보다는 연상聯想의 차이다. 그 차이가 가장 두드러졌던 건 여섯 명의 이야기를 담은 『달리다 보면』이다.

SNS상에서 진행한 표지 선택 이벤트에서 몰표를 받은 이 책의 표지는 사실 여섯 저자 모두에게 4위(꼴찌)였던 시안이다. 트랙에서의 달리기 이야기가 아니기 때문에 저자 중 누구도 자신의 글을 트랙과 연결 짓지 않았다. 그런데 독자들에게는 '트랙'과 '달리기' 조합이 강력한 하나의 이미지로 다가간 것이다. 제목이든 표지든 이벤트에서의 득표수가 결정의 유일한 근거는 아니지만, 몰표가 나오면 선택하지 않을 이유가 없다.

취향 차이는 다른 출판사의 책에서도 경험되는데, 이때는 단순히 취향 차이라며 넘기기가 어렵다. 내 취향은 아니네 정도가 아니라 내게는 아주 별로인 표지를 '귀엽다'고 하는 독자가 많을 때, 글은 좋은데 표지가 아쉽다고 생각한 책의 디자이너가 요즘 '핫한' 디자이너임을 알게 될 때, 나는 당혹스럽다. 글에서도 그렇다. 많은 이들이 열광하는 책을 나는 도저히 마치지 못할 때, 엄청난 팔로워를 가진 이의 역시 엄청난 '좋아요'와 댓글이 달린 문장이 나에겐 도무지 와닿지 않을 때, 출간되자마자 히트를 친 신간이 그저 그럴 때, 나는 상심에 빠진다. 옷, 음식, 드라마, 음악 어디서도 유행의 변방에 서 있다는 이유로 낙담한 적이 없는데, 책에서만은 그게 잘 안 된다. 5년 동안 이렇다 할 책을 내지 못한 출판사 대표는 이 저조한 성적이 꼭 내 취향 탓인 것만 같아서다.

그동안은 내 취향에 대해 고민할 일이 없었다. 취향은 취향일 뿐, 마음이 흐르는 방향이 다르다는 건 옳고 그름의 문제가 아니고 설득을 하거나 당할 일도 아니었다. 그리고 나는 지금껏 내 취향이 무난하다고 여겨 왔다. 무난하다는 건 까다롭지 않다는 거였고, 나는 그걸 대중과 가깝다는 뜻으로 이해했다(어디까지나 내 생각이다). 그런데 출판사를 운영한 이후로 내가 오랫동안 착각을 해 온 게 아닐까 생각하게 됐다. 그러고 보니 나는 이미 여러 번 취향으로 남들을 놀래킨 적이 있는 사람이다.

대학생 때 4:4 미팅을 한 적이 있다. 집으로 돌아오는 길에 각자 마음에 든 사람을 말하다가 나 때문에 친구들이 혼란에 빠졌다. 이름을 모를 리 없는데 앉아 있던 자리와 차림새를 재차 확인하더니 "근데 걔 좀 느끼하지 않아?"라면서. 느끼라니, 영문을 알 수 없었다. 분명히 말하지만 그때나 지금이나 나는 외모도 말투도 담백한 사람을 좋아한다. 나는 그 아이가 재미있어서 좋았다. 무엇보다 느끼와는 아예 거리가 먼, '느'도 아닌 친구였다(굳이 꼽자면 내 기준에서 느끼한 아이는 따로 있었다). 우리 여덟은 다 같이 몇 번을 더 만났고, 그러는 중에 아주 충격적인 사실을 알게 되었는데… 그 '느도 아닌 친구'의 별명은 오일뱅크였다.

이모티콘도 친구들과 나의 서로 다른 취향을 확인시켜 주는 것 중 하나다. 한눈에 반해 사 버린 내 애정템에 친구들은 몸서리를 쳤다. "징그럽다"는 말까지 들었다. 친구들은 내가 그 이모티콘을 작가나 디자이너에게도 사용하는지를 걱정스레 물었고, 한 친구는 귀여운 이모티콘을 보내 주며 당부했다. "일할 땐 이걸 썼으면 해." 정말 궁금하다. 그들의 눈에는 내 애정템이 대체 어떻게 보이는가. 너와 내가 보는 세상은 얼마나 다른 걸까.

최근에 한 동네책방 사장님과 대화를 하다가 잘나가는 책에 대해 묻고 답을 들었다.

"어떤 책이 잘 나가요?"

"음, 표지 예쁜 책이요."

단 세 음절의 이 명쾌한 답이 내게는 어렵기만 하다. 예쁜 책. 예쁜 책이란 무엇인가. 당신과 나의 '예쁨'이 일치할 확률은 얼마일까.

'꿈꾸는인생 책 예뻐요'란 말을 들으면 기분이 좋다. 함께 책을 만든 이들의 애씀이 통한 것 같고, 우리가 잘 해낸 것만 같아서. 그런데 사실 우리 책이 예쁜 건, 저자와 디자이너와 내가 예쁜 걸 잘 알고 찾고 만들어 낼 줄 안다거나 더 노력하고 더 신경을 써서가 아니다. 당신과 우리의 취향이 비슷해서다. 제목에, 표지에, 책 속 문장들에 마음이 찌르르했다면 취향이 통한 거다.

책을 만들다 보면 더 더 더 예뻤으면 좋겠단 욕심에 지칠 때가 있다. 디자이너를 괴롭히고 있는 것 같아서 미안하고, 저자의 의견을 온전히 수렴하지 못하고 있어서도 미안하다. 무엇보다 나 스스로 아쉽다는 생각에서 벗어나지 못해서 너무 답답하다. 그런 때마다 나의 예쁨과 당신의 예쁨이 꼭 같지는 않다는 것을 떠올린다. 그러니 필요 이상으로 애쓰지 말자고,

즐거운 마음으로 어서 마감하자고, 그리고 취향이 비슷한 이들이 알아봐 주기를 기다려 보자고.

취향에 정답은 없다. 최선이라는 표현도 취향에 어울리지 않는 듯하다. 취향은 당신과 나, 우리 각자의 마음이 흐르는 길이다. 이 세상이 다채로운 건 그 길이 여러 갈래이기 때문이고. 그러니 앞으로는 인기 있는 디자인과 글에 내 마음이 동하지 않는다고 해서 너무 심각해지지 않을 생각이다. 미약하나마 세상의 다채로움에 기여하고 있는 셈이니.

그래서 에세이를 좋아한다

빈 그릇을 가지러 온 짜장면집 직원이 남은 만두
를 보며 "제가 집에 가져가도 될까요" 했을 때, 그곳
에 있던 모두가 재빨리 일어나 누군가는 비닐을 꺼내
고 누군가는 뜯지 않은 떡을 들고 왔던 그날의 장면
을 나는 아주 오래 기억하고 있다. 술에 취해 비틀거
리던 남자가 환승 정류장을 알려 준 이에게 고맙다고
거듭 말하며 자신은 엄마 집에 간다고 전하던 그 순
간도, 퇴근이 늦은 한 명의 이웃을 위해 밤 11시까지
문을 열어 두는 책방지기의 마음*도, 눈물을 참아야

---

* 박용희, 『낮 12시, 책방 문을 엽니다』

할 때마다 주문을 외우듯 신동엽, 신동엽 한다는 그의 울음 참는 방법*도, 삶이 비거덕거릴 때면 그 옛날 전학생이 풍금으로 연주한 아라베스크를 떠올린다는 고백**도 내 안에 깊이 남아 있다. 그것들에는 떠들썩하지 않은 기쁨, 쓸쓸함, 서글픔, 다정함, 아픔, 외로움, 가여움 등이 스며 있다. 우리의 보통 날들이 그러하듯.

저마다 가지고 있는 그런 이야기를 좋아한다. 세상에 딱 하나뿐인, 누구도 모방할 수 없는 이야기. 그가 꺼내지 않으면 영원히 숨겨질 이야기. 때로 그것은 극적이기도 하고 잔잔하기도 한데, 한 사람의 한 시절이 담겼다는 점에서는 동일하다.

독서의 즐거움을 가르쳐 준 게 소설이라면 내게 사랑으로 남은 건 에세이다. 따라서 에세이 시리즈를 만든 것은 에세이를 향한 내 사랑 고백과도 같다.

에세이 시리즈를 꿈꾼 건 출판사를 시작할 때부

---

* 김승, 『나만 이러고 사는 건 아니겠지』
** 류예지, 『이름 지어 주고 싶은 날들이 있다』

터다. '아무튼 시리즈'의 영향이 컸다. 주제를 한눈에 알아차릴 수 있는 제목도 기가 막혔고, 무엇보다 세 곳의 출판사가 번갈아 출간하며 하나의 시리즈(브랜드)를 완성해 나간다는 데 흥분했다. 어떻게 이런 생각을 했을까. 한 사람에게서 시작된 아이디어에 기꺼이 마음을 합하는 이들이 있다는 것도 좋고 부러웠다. 앞으로 이보다 멋진 형태의 에세이 시리즈가 나올 수는 없을 것 같았다.

내가 펴낼 시리즈에 '아무튼'만큼의 멋진 이름을 지어 주고 싶었다. 책 한 권의 이름을 정하는 것도 쉽지 않은 일인데 여러 권의 이름이 될 시리즈 제목이라니 너무 신나고 너무 부담스러워서 온 신경이 곤두섰다. 길을 걸으면서, 양치질을 하면서, 설거지를 하고 쌀을 씻으면서 계속 시리즈 이름을 생각했다. 예전에 누가 '이름에 숫자가 들어가면 잘산다'는 옛 어른들의 믿음에 아버지와 그 형제들 이름이 숫자로만 이뤄졌다고 했었는데 책 이름에는 그런 게 없을까 하는, 어처구니없는 생각도 뜨문뜨문 하면서.

앉으나 서나 시리즈 이름 생각뿐인 걸 아는 친구들이 이건 어때, 저건 어때 하며 나섰다.

어쨌든, _____ 하여간, _____ 그래도, _____

분명 진지하게 시작했는데 어느새 누가 더 기발한 세 음절을 찾아내는가로 변질되었고, 나는 내 처지도 잊은 채 낄낄댔다. 이왕 후발 주자인 거 '아무튼'이 떠오르지 않을 때 얻어걸리는 행운을 노리자는 말도 웃겼다. 아무 말을 주고받으며 한바탕 웃고 나면 잠시지만 마음이 개운해졌다. 당연히 결론 같은 건 없었다.

머릿속을 떠다니는 단어 중 어느 것도 잡지 못한 채 이 글 저 글 눈으로 훑는 중에, 아주 평범한 단어 하나가 눈에 들어왔다. '사람들'. 눈이 번쩍 뜨이는 기분이었다. 가끔 아주 중요한 것들이 순간적으로 결정되기도 하는데 이번이 그랬다. '이거다. 들 시리즈로 가자!' 내가 담으려는 것을 이보다 정확하게 설명하기란 불가능해 보였다.

나는 한 사람이 책 한 권을 꽉 채울 수 있을 만큼 이야깃거리가 풍부한 무엇, 어떤 식으로든 개인에게 특별한 의미를 가지는 무엇을 책에 담고 싶었다. "그것에 대해서라면 나 할 말 많지" 하는 것. 좋아하는 것일 수도 있고, 싫은 것일 수도 있고, 직업이나 오랫동안 살아온 동네처럼 아는 게 많은 것일 수도 있다. '그것'으로 연결되는 여러 사연은 각자의 삶의 그것'들'로 표현할 수 있을 것이었다. 들 시리즈는 그렇게 시작되었다.

시리즈는 전체 제목을 정하기까지가 어렵지 각 책의 제목을 짓기에는 무척 편하다. 소재에 맞게 쉽게 활용할 수 있어서다. 들 시리즈의 경우는 소재에 '들'만 붙이면 된다. 신발들, 가방들, 콤플렉스들, 여름들, 숫자들…. 그런데 이 복수를 뜻하는 보조사를 붙이기에 어색한 소재가 더러 있다. 가령 결혼. 결혼에 대해 아무리 할 말이 많아도 저자가 결혼을 한 번밖에 안 한 이상 '결혼들'이란 제목은 낚시성이란 오해를 사기 충분하다. 이에 떳떳하려면, 저자가 웨딩홀이나 결혼정보회사 직원이든지, 글에 내 결혼, 내 부모의 결혼, 내 친구의 결혼이 총동원되든지, 그것도 아니라면 두 번 이상의 결혼 이력이 필요하다. 이와 비슷한 위치에서 탄생한 이름이 『별자리들』이다.

이 책은 천문학을 전공한 저자가 천문학과와 우주에 대해 쓴 글인데 '천문학들'이나 '우주들'이 될 수는 없는 노릇이라 친숙한 '별자리'를 가져왔다. 그러다 보니, 광활한 우주와 그 일부로서 '나'를 확인하는 아름답고도 벅찬 이야기가 타로에 관한 것으로 오해를 받는 경우가 간혹 있었다. 웃음도 나고 속도 터지고 그랬다.

들 시리즈를 이야기할 때 '들 시리즈 카드'를 빼놓을 수 없다. 요약 정리하면, '책과 함께 모으는 재미를 주기 위해 각 시리즈마다 천 개 한정으로 기획했으나 2호 만에 제작을 중단한' 카드이다. 중단을 결정한 데는 두 가지 이유가 있다. 하나는 도서 랩핑. 서점의 요청으로 카드를 책과 함께 랩핑해야 했는데 그러다 보니 오프라인 매장에서 독자가 책을 살펴보는 게 불가능했다. 이제 막 시작하는 시리즈가 출판사도 저자도 유명하지 않은 주제에 목차조차 확인할 수 없다니 뭔가 대책이 필요했다. 한동안 서점들을 다니며 견본용 도서를 전달했으나 책이 들어간 곳을 출판사가 다 알 수 없다는 점에서 견본용 도서 전달에는 한계가 있었다. 또 다른 문제는 카드 재질이었다. 사실 이것이 제작 중단을 결정한 근본적인 이유다. 제작 시 재질에 대한 고민이 컸다. 종이보다 훼손이 덜 된다는 점과 모으는 손맛이 있다는 데서 플라스틱이 우월했으나 환경 문제가 걸렸다. 플라스틱 줄이기에 동참하지는 못할망정 굳이 만들어 내겠다는 것이 너무 불편했다. 나 스스로 환경에 대한 관심이 커졌던 때라 더욱 그랬다. 주변에 의견을 물어도 어차피 결정은 내 몫이었다. 아니 왜 카드를 만들겠다고 해서 안 해도 될 고민을 하고 있나 탄식하며 하루에도 몇 번씩 마음을 바꾸다, 결국 나는 플라스틱을 선택했다. "꿈꾸는인생이 무엇을 더 중요하게 보는지 알 수 있겠네요"라던 J의 말이 불편하게 남았다.

1호 출간부터 카드 재질에 아쉬움을 표하는 댓글이 간간이 보였다. 다정한 말투임에도 나는 '플라스틱' 단어 하나에 숨을 죽였다. SNS 메시지로 큰 실망감을 드러낸 이도 있었다. 플라스틱으로 결정하기까지의 시간과 내 마음을 헤집고 들쑤셨던 고민들은 아무도 알아주지 않았다. 이기적이고 몰상식한 인간이 되어 버린 것만 같아 속상해서 친구들에게 하소연하기도 했지만, 사실 서운하거나 억울해할 입장이 아니라는 걸 누구보다 내가 잘 알았다. 그 결정을 내린 건 나였다. 내가 무척 좋아하는 영화 속 대사가 나를 향해 서 있었다. "It is not who I am underneath, but what I do, that defines me."* (나를 정의하는 것은, 내 생각이 아니라 내가 하는 행동이다.)

도서전에서 3호를 구입하며 "이번엔 카드가 없나요?" 묻는 독자를 만났을 때 얼마나 반갑고 고마웠는지 모른다. 이제 카드는 없다. 들 시리즈 카드는 시리즈의 시작을 함께한 몇몇 독자들과 출판사의 추억으로 남았다. 5호쯤 나왔을 때 카드 다섯 개 모두 가지고 있는 독자를 위한 이벤트를 하고, 카드 꽂이도 만들겠다는 계획은 실행할 수 없게 되었다.

에세이가 종종 가볍게 취급되는 걸 본다. '누구나' 쓸 수 있는 글이라고 여겨지기 때문인 듯하다. 그런데 나는 바로 그 점 때문에 에세이가 좋다. 누구도 자신의 이야기를 꺼낼 수 있는 자리라서. 그리고 개인의 기록에서 우리가 함께 환호했던, 울었던, 분노했던 공동의 경험을 발견할 때, 나는 곁을 스치는 타인

---

* 〈배트맨 비긴즈〉(Batman Begins, 2005) 속 대사

들이 나와 연결되어 있음을, 우리가 함께 살아가고 있음을 실감한다.

좋은 에세이를 내고 싶다. '좋은' 에세이란 뭘까. 누군가에게 실재한 시간의 기록에 좋다 나쁘다를 붙일 수 있을까. 그러니 여기서의 '좋은'은 다른 의미다. 같은 마음에 위로를 받는, 처음 알게 되는 사실에 나의 세계가 넓어지는, 값진 고백에 박수를 보내게 되는, 무례하지 않은 관심에 고마운, 지금을 소중히 여기도록 하는, 우리 서로 사랑하게 만드는, 그런 의미. 아무나 쓸 수 있기에 더욱 많은 이들이 공감할 수 있는 그 이야기를 열심히 찾고 다듬고 엮어 보겠다.

어느 날의 짧은 대화

"출판사 하신다고요? 오, 이름이 뭐예요?"

"꿈꾸는 인생이에요."

"꿈꾸는 인생요? 처음 들어요. 그런 출판사도 있군요."

서점에 가는 마음

교보문고가 특별하게 느껴진 건 출판사를 시작한 이후다. 첫 책의 입고 소식을 듣고 광화문으로 향하며 엄마의 말을 떠올렸다. "네가 입학한 후로는 그 학교 앞을 그냥 지나치지 못했어. 울타리 너머 운동장을 들여다보곤 했지." 그날의 내 마음이 그와 비슷했다. 오래전부터 그곳에 있던 교보문고는 더 이상 예전의 교보문고가 아니었다. 꿈꾸는인생이 만든 책이 있는 곳이었다.

에세이 신간 매대에 익숙한 표지의 책이 보이는

데 심장이 터질 것 같았다. 전에도 책을 만드는 사람이었고, 내가 만든 책이 분야의 주요 매대에 오른 적도 있었지만 이런 기분은 처음이었다. 단순히 기쁨과 반가움이 아닌 설렘, 환희, 긴장감, 뿌듯함, 비장함이 서로 엉겨 발가락부터 정수리까지를 빈틈없이 채웠다. 책의 어느 한구석도 내가 닿지 않은 곳이 없기 때문일 것이었다. 저자 섭외부터 기획, 편집, 디자이너 선정, 제작 사양 및 인쇄 부수 결정, 감리, 배본사 관리, 서점 MD 미팅… 전부 다 내가 했다. 책에 찍힌 출판사명도 내가 지었다. 그리고 무엇보다 이 모든 과정에 사용된 돈이 내 돈이다. 결정의 권한만큼이나 돈의 사용은 중요하다.

첫 책이 깔린 날엔 꽤 오래 서점에 머물렀다. 우리 책을 집어 드는 사람이 있을지 너무 궁금했고, 누구라도 부디 그래 주기를 바라며 매대 주위를 맴돌았다. 누군가 우리 책 근처로 가기만 해도, 책이 있는 쪽으로 손을 뻗기만 해도, 목구멍에서 심장이 미친 듯이 뛰었다. 속으로 '제발 제발 제발'을 속으로 되뇌며 서성이기를 40분. 우리 책을 들어 펼치는 사람은 한 명도 없었다.

신간 입고 기념 서점 방문은 이후로도 계속됐다. 마음의 들썩임은 줄었지만 몸은 좀 더 바빠졌다. 나만의 기념 행위를 실행해야 하기 때문이다. 매대 위 책 한 권을 들어 표지가 보이도록 가슴에 안은 채 서점을 천천히 돌고, 신간 매대를 살피는 사람이 슬쩍 눈길을 줄 때까지 진열된 책의 표지를 손으로 만지작대다 들어 읽는 거다. 다 알고 있는 목차를 매우 흥미롭다는 듯 보기 시작해서 본문에 이르러서는 미세하게 고개를 끄덕인다. 가끔씩 깊은 숨을 내뱉거나 "흐음…" 같은, 공감 혹은 안타까움의 소리를 내기도 한다. 중간에 한 번씩 앞표지를 열어 (역시 이미 다 아는) 지자 소개를 살펴보는 것도 잊지 않는다. 효과가 있고 없고는 중요하지 않다. 그저 내가 할 수 있는 일을 할 뿐이다. 사실 내가 정말 하고 싶은 건 따로 있다. 매대 위 책들을 쓱 훑으며 지나치는 사람이라도 보면 말을 걸고 싶어 침을 꼴깍꼴깍 삼킨다. 찾고 있는 책이 있는지, 평소 어떤 책을 즐겨 읽는지 묻고 책을 추천해 주고 싶다. 물론 그가 뭐라고 말하든 나는 우리 책을 추천할 거다.

서점은 공간 자체로 즐거운 곳이다. 우연히 본 렐루 서점Livraria Lello 사진 몇 장에 인생 첫 유럽 여행을 포르투갈로 갔을 만큼 서점이 내게 가져다주는 행복감은 특별하다. 한구석에 가만 서 있기만 해도 기분이 좋아진다. 서점을 가득 채우고 있는 건 글이 되고야만 수많은 진실과 진심과 기억이라는 걸 떠올리면 안전하다는 느낌마저 든다, 뭐 이런 멋진 말을 하고 싶은데 사실 그런 생각까지 해 본 적은 없다. 오직 문제집을 사러 서점에 다니던 고3 시절에도 서점은 좋았으니까 그냥 그곳의 냄새가, 소리가, 공기가, 분위기가 좋았다는 게 맞다. 그런데 이제 그런 순수한 감각은 사라졌다. 글쓴이와 책과 나만 생각하던 때의 마음이기가 어렵다. 나는 서점을 즐기는 사람인 동시에 이곳에서 돈을 벌어야 하는 사람이 되었다.

서점은 내가 무슨 일을 하는 사람인지를 기억하게 한다. 내가 잘하고 싶은 일을, 잘하고 싶지만 뜻대로 되지 않는 그 일을 떠올리게 한다. 저자의 것이자 내 것이기도 한 우리의 목소리가 다른 목소리들에 묻히고 있는 것을 확인시키고, 나뿐 아니라 다른 누구도 이곳에 이런 감정으로 서 있겠지 짐작하게 한다. 그래서 서점에 가는 것이 마냥 좋기만 하지 않다. 좋았다가도 갑자기 우울함이 들이닥치고, 들뜸과 심란함이 수시로 교차한다. 이 복잡한 마음을 풀어낼 적당한 말을 찾지 못하다가, 최근 이 감정이 쓸쓸함에 가깝다는 걸 인지했다. 하루에도 수없이 많은 책이 태어나고 또 쉽게 사라지는 이곳에서, 잊는 주체가 아니라 잊히는 존재가 되어 버린 까닭일 것이다. 얼굴을 보이며 누워 있던 책들이 책장 안에 등을 보이며 서게 될 때, 나는 내 마음도 거기 세워 둔 채로 온다. 출판사를 운영하기 전에는 가져 보지 않은 마음이다.

동네책방은 조금 다르다. 나에게 동네책방은 단순히 우리 책이 있는 곳과 없는 곳으로 나뉘지만, 둘 중 어느 쪽에서도 아직 순수한 즐거움을 느낀다. 책방지기 고유의 분위기를 느낄 수 있다는 것 자체로 이해관계를 떠나게 하는 힘이 있다. 그리고 무엇보다 책을 선별해서 받아야 하는 공간의 제약과 현실적인 어려움을 잘 알기 때문이다. 책방지기나 나나 같은 처지라는 생각에 우리가 동지는 아니지만 그 비슷한 감정마저 품게 된다. 세를 내고 생활을 하는 데 어려움이 없기를 몰래 응원할 만큼. 그러니 책이 입고되지 않았다고 해서 크게 서운하지는 않다(크게 서운하지 않다고 했지 서운하지 않다고는 안 했다). 그저 바라는 거다. 우리 책이 들어가면 좋겠다, 그리고 잘 팔리면 좋겠다, 그래서 다음부터는 어렵지 않게 입고가 이어질 수 있으면 좋겠다고.

한번은 독자가 출판사로 전화를 해서 책 잘 읽었다는 인사를 전했다. 간간이 감사의 호응을 하며 이야기를 듣는데 그가 갑자기 생각났다는 듯이 물었다.

"그런데 왜 _____(동네책방)에는 이 책이 없어요? 도서관에도 들어가고 하면 좋을 텐데요."

내가 뭐라고 대답했는지 기억나지 않는다. 노력해 보겠다고 했었나. 설마 "제 말이요. 저도 거기에 입고하고 싶어요" 하지는 않았겠지. 그건 너무 모양 빠지는데…. 그가 말한 책방은 신간이 나올 때마다 부단히 소개 메일을 보냈으나 5년이 되도록 문을 열지 못한 곳이다. 그런 곳이 몇 군데 있다. 늘 책 소개를 보내지만 문턱을 넘지 못한 유명한 책방들. 도대체 거기는 어떻게 해야 들어갈 수 있는 걸까.

이 봄에도 나는 새 책의 정보를 담아 서점들에 메일을 보내고 어딘가에는 책을 들고 직접 갈 것이다. 벌써부터 설레고 신나고 심란하다. 복잡한 나의 심정은 숨긴 채 번쩍번쩍한 책들 사이에서 우리 책 기죽지 않도록 기를 불어넣어 주고 와야지. 잘 살아남으면 좋겠다는 마음으로 중무장을 한 채 신간 입고 기념 서점 한 바퀴를 보무 당당하게 걸어 볼 테다.

우기 雨期

책을 만들다 우는 일은 흔하다.

『별자리들』을 작업하며 몇 번이나 눈물을 흘린 건 설레고 행복해서였다. "밤이 오면 까만 구슬에 갇힌 기분"(p.14)이 어떤 건지 알지도 못하면서 제주도의 까만 밤을 상상하는 내내 가슴이 뛰었다. 광대한 우주를 '작은 것으로부터의 시작'으로 설명하는 부분에 선 잠시 눈을 감고 내가 지금 대한민국 서울에서 마흔이 넘은 나이로 살아가고 있음에 감사 기도를 드렸다. 아, 이 글의 설렘 포인트를 제대로 전하려면 책을 통째로 가져와야 한다.

올해 봄에 출간될 『끼니들』 원고를 읽으면서도 조금 울었다. '차 한 잔'의 시간 동안 할 수 있는 일을 나열한 대목이었는데, 그 짧은 시간이 누군가를 다독일 수도 아프게 할 수도 있다는 게, 친구가 되기에도 남이 되기에도 충분하다는 게 좋기도 무섭기도 했던 것 같다.

글을 엮으며 눈물을 철철 흘린 건 『해외생활들』이다. 책을 읽은 많은 이들이 유학을 떠나는 딸에게 보내는 어머니의 마음에 크게 감동했는데, 내가 울음을 터뜨린 건 긴 해외생활에서 돌아온 딸에게 15분 마다 전화를 걸어 딸의 목소리를 듣는 어머니의 모습에서였다. 그 부분은 읽을 때마다 마치 처음 읽는 듯 눈물이 터져서 나한테 무슨 문제가 있나 생각이 들 정도였다.

본래 잘 울고 잘 웃는 사람은 책을 만들며 더 자주 그러고 있다. 행복하고 설레서, 슬프고 아파서. 그리고 지금부터 하려는 이야기는 그와는 조금 다른 울음에 관한 것이다.

침대에 누워 이불을 끌어 올리다가 난데없이 울음

이 터졌다. 훌쩍대는 정도가 아니라 통곡 수준으로 눈물이 쏟아졌다. 순식간의 일인 데다 울 마음이 전혀 아니었던 터라 당황스러웠다. 무슨 일이 벌어지고 있는 건지 알지 못한 채로 한참을 울었고, 어느 순간 마치 수도꼭지가 잠기듯 울음이 뚝 그쳤다. 그리고 아무 일도 없었던 것처럼 스르르 잠이 왔다. 그 급격한 변화가 너무 이상한데, 가장 이상한 건 마음의 고요였다.

도무지 이유를 알 수 없는 그런 밤이 이어졌다. 세 끼 밥을 챙기고 책상 앞에 앉아 원고를 읽는, 별일이라곤 아무것도 일어나지 않은 하루의 끝에 자꾸 울음이 기다리고 있었다. 침실의 불을 끄면 기다렸다는 듯이 와락 나를 덮쳤다. 매일 울어도 매일 또 눈물이 차오르는 게 신기했다. 무엇보다 내게는 울 만한 일이 전혀 없는데…. 침대에 걸터앉아 울고, 무릎을 꿇은 채로 울고, 천장을 바라보며 울었다. 그리고 또 아무렇지 않게 잠이 들고 말간 얼굴로 아침을 맞았다.

밤마다 울기를 며칠째, 이름 붙일 수 없는 울음은 낮에도 찾아왔다. 세수를 하다가, 택배 박스를 정리하다가, 밥통에서 밥을 푸다가, 글을 읽다가, 아무 맥락 없이 눈물이 터져 나왔다. 그러면 그 자리에 선 채로 또 앉은 채로 온 힘을 다해 울었다. 어디서 울음 화살이 날아와 박히기라도 한 듯 내 현재 감정과는 상관없이 일어나는 일이었다. 좀 더 기괴한 이야기를 하자면, 예능 프로그램을 보며 "하하" 하고 웃는 순간에, 그 '하하'가 돌연 울음으로 변하기도 했다는 거다. 화면 속 박장대소하고 있는 사람들을 마주한 채로 어깨를 들썩이며 울었다. 멈추려는 마음도 없었지만 멈출 수 있을 것 같지도 않았다. 눈물은 가슴 속 아득히 깊은 곳으로부터 내 몸 구석구석을 쓸며 끌어올려지는 느낌이었는데, 꼭 구토 같았다. 우기雨期의 시작이었다.

시도 때도 없이 들이닥치는 울음에 속수무책으로 당하고서야 깨달았다. '어, 나 슬프네!' 그제껏 나는 내가 고민이 많은 줄 알았지 슬프다고는 생각하지 않았다. 그런데 슬픈 거였다. 나는 슬프다. 뜻밖의 각성이었다.

타 출판사 SNS를 보지 않기 시작한 건 그 얼마 전쯤부터다. 우리와 비슷한 시기에 나온 비슷한 주제(혹은 분위기)의 책이 여기저기 소개가 되고 독자에게

뜨겁게 사랑받는 것을 보는 게 괴로웠다. 그 책보다 이 책이 못하다고 여겨지지 않아서 더 괴로웠다. 출판사와 저자, 그 책을 사랑하는 독자들이 서로 축하 인사를 주고받는 시끌벅적한 축제 속에서, 나는 창고 안에 반듯하게 누워 있는 우리 책들을 생각했다. 지금의 판매 추세라면 남은 책들은 앞으로 1년이 지나도 창고에서 다 나올 수 없을 터였다. 우리에게 축제는 없을 예정이었다.

좋아하는 작가의 신간 소식에도 나는 반응하지 못했다. 기다렸다는 듯이 독자들이 우르르 몰려드는 것을 그저 구경했다. 출간 첫 주에 판매지수가 폭발하고, 칭찬 일색의 리뷰들과 저자의 얼굴이 박힌 다양한 이벤트 소식을 보며 그와는 아무 상관이 없는 우리 책들을 떠올렸다. 예전처럼 함께 박수하며 달려들기엔 독자를 기다리고 있는 우리 책들이 눈에 밟혔다. 우리 책도 저만한 사랑을 받을 만한 글인데, 읽어보면 사랑에 빠지고 말 텐데.

하루 종일 두 가지 생각을 돌림노래처럼 반복했다. '뭐가 문제일까', '어떻게 해야 할까.' 아무리 생각해도 책에는 잘못이 없었다.

나 때문인 것 같아.

그거였다. 이 원고가 나한테, 꿈꾸는인생에게 와서. 내가 아닌 좀 더 유명한 출판사에 닿았다면 더 많이 읽혔을 것이 분명했다. 각각의 글들과 어울리는 출판사를 찾아 짝을 지어 보니 역시 그게 더 좋아 보였다. 꿈꾸는인생이 유명하지 않아서, 작은 출판사라서 좋은 글들이 빛을 못 보고 있다는 생각에 끝도 없이 자책감이 밀려들었다. 다 내 탓 같았다. 어느 순간 새로운 글 작업은 설렘보다 무서움이 되어 버렸다. 책을 시작할 때면 "3만 부"를 호탕하게 외쳤지만 실은 나는 매일 밤, 마음의 정전을 겪었다.

내가 자책의 꼬리를 잡고 내 꼬리를 자책이 잡고 그 꼬리를 또 내가 잡는 긴 꼬리잡기의 허리를 끊은 건 박정오의 『저도 편집자는 처음이라』(호밀밭, 2019) 속 문장이다.

너 때문에 떨어졌다고 생각할 필요 없어. 그건 공모사업에 붙었다면, 오로지 네 힘만으로 붙었다고 생각하는 거랑 같아. 어찌 보면 더 위험한 생각이지. (p.209)

직접 기획한 공모사업에서 떨어져 낙심해 있는 저

자에게 회사 대표가 건넨 말이다. 책을 읽는 당시에도 깊은 인상을 남긴 문장은 나에게 그 말이 꼭 필요한 때에 내 안에서 솟아올랐다. 잘되지 않은 일의 원인을 스스로에게서만 찾는 건, 잘된 일 또한 '내가 잘해서' 그렇다고 여기는 것과 같다고. 그건 또 다른 형태의 자만이었다. 책이 많은 이들의 사랑을 받지 못한 것은 분명 아쉽고 속상한 일이지만 모든 원인을 나에게 돌리는 건 위험하고도 어리석은 일이라는 걸 깨달아 갔다. 자책이 나를 내리누를 때마다 나는 호밀밭 출판사 대표님의 말을 기억하려 애썼다.

돌림노래처럼 반복되던 고민이 슬픔이기도 했다는 걸 깨딜은 이후로, 나는 나를 기다리고 있는 그날의 울음에 헌신했다. 울음이 찾아오면 더는 당황하거나 이상하다고 여기지 않았다. 침실에서, 주방에서, 욕실에서, 집으로 돌아오는 버스 안에서 충분히 울었다. 이 느닷없는 울음의 끝이 언제쯤일까 같은 생각은 하지 않았다. 아무렇지 않았다가 울고, 울었다가 아무렇지 않아지는 그 일을 당연하다는 듯 받아들였다. 그리고 우기는 찾아올 때 그랬던 것처럼 어느 날 갑작스레 끝났다. 어제까지 쏟아지던 눈물이 하루 사이에 말라 버렸다.

거대한 비구름이 지난 후로도 자책과 슬픔은 수시로 내 안에 비를 뿌린다. 지나치게 경계하거나 피하려 하지 않는다. 비가 오면 맞는다. 그 대신 흠뻑 젖지는 않으려고 한다. 그 노력에 실패하는 날들이 길어지면 어느 때엔가 또다시 우기가 시작될 것을 예상하면서. 겪어 봤으니 다음엔 좀 더 격렬하게 지날 수 있을 테다.

첫 도서전이란

5월 중순, 서울국제도서전 참가사 모집 안내 메일을 받았다. 드디어 내가 이 메일을 받아 보는구나! 가슴이 기분 좋게 오르락내리락했다. 출간 도서가 10종이 되면 도서전에 참가해 보자고 몰래 마음에 새겼었는데, 영원히 오지 않을 것 같던 그 '열 번째' 책이 한 달 전에 나온 것. 게다가 코로나로 인해 규모를 대폭 줄여 진행한다니 작은 출판사에겐 오히려 반가운 소식이었다. 큰 고민 없이 신청서를 제출했고, 몇 주가 지나 참가사로 확정이 되었다. 도서전은 9월. 그때까지 개정판을 포함해 세 권이 나오는 것이 목표였다. 숨찬 일정에 아찔하고 막막하고 신이 났다. 힘은 들겠지만 좋아하는 것들로 꽉 채운 3개월이 될 터였다. 책 작업, 도서전, 그리고 여름.

해야 할 일을 세 가지(확인할 것, 구입할 것, 작업할 것)로 나누고 그 안에서 일, 이, 삼 숫자를 달아 가며 목록을 작성했다. 꿈꾸는인생을 모르는 이들에게 우리 책을 소개하는 자리인 만큼 부스의 어느 한구석도 허투루 쓰고 싶지 않았다. 부스 앞을 지나는 이들을 잠시라도 잡아 둘 만한 이벤트와 선물도 잘 준비할 생각이었다. 음, 뭐가 좋을까. 최근 두 번의 오프라인 도서전을 검색해 참가사들의 작업 일지와 독자들의 후기를 시험 전날 밤 모드로 읽었다.

테이블을 덮을 천 검색에만 며칠이 걸렸다. 원하는 것은 흰색 바탕에 연한 체크무늬 천이었다. 천 판매 사이트를 거의 다 들어갔다. 사이트마다 판매하는 천이 거기서 거기라 아까 본 천을 또 보는 형국이었지만 멈춰서는 안 됐다. 경솔하게 건너뛴 페이지에 인생 천이 있을지 누가 아나! 쉬지 않고 스크롤을 내리며 클릭을 이어 갔고, 아무도 알아채지 못할 미미한 차이의 두 개 천을 동시에 모니터에 띄워 놓고는 오른쪽 왼쪽 번갈아 보기를 무한 반복했다. 눈동자에 체크가 박힐 지경이었다. 신중하게 살펴본 끝에 천 네 개를 구입했고, 거실 테이블에 깔아 본 후 두 개를 제외시켰다. 살아남은 두 개는 테이블의 반씩 공평하게 깔아 둔 채로 하루를 보냈다. 거실에서 방으로, 방에서 화장실로 왔다 갔다 하며 어느 천이 더 예쁜지 확인해 보자는 심산이었다. 마음이 기우는 쪽이 있었지만 바로 결정하지 않았다. 아침에 일어나자마자 첫 눈으로 바라보면 느낌이 또 달라질 수도 있는 일이었다. 내일 아침에 다시 보자며 거실의 불을 껐다. 대체 천 하나에 왜 이렇게까지 하는지 아는 사람?

아크릴 거치대, T자 스탠드, 메모 홀더, 실리콘 몰드(비누), 책 봉투, 미니 리본… 전부 이런 식이었다. 더는 볼 상품이 없을 만큼 훑었다. 검색으로부터 놓여나는 순간은 책 작업을 하거나 엽서와 책갈피, 현수막 시안을 확인하는 때뿐이었다. 의자에 뿌리를 내릴 것 같았지만 평소에도 장시간 앉아 있는 편이라 몇 시간 늘어난 것쯤 일도 아니라고 여겼다. 그런데 어느 날부터 익숙한 피곤함과는 다른 묘한 불편함이 느껴지더니 어느 저녁, 의자에 앉은 채로 다리를 내

려다보다 깜짝 놀랐다. 억! 복숭아뼈가 사라질 만큼 다리가 부어 있었다. 한번 시작된 부종은 오전 오후를 가리지 않았고, 무서울 정도로 다리 모양을 바꾸었다. 남들이 붓는다 붓는다 할 때, "어 나도 가끔 그래" 했던 것을 반성했다. 무엇보다 통증이 너무 심했다. 부기를 빼 준다는 요가링을 구입했고, 효과는 별로 보지 못했다. 비싸서 하나를 구입해 양쪽에 번갈아 가며 사용해서인지 모른다.

이 와중에 독자 선물로 준비한 엽서 제작에 실수가 생겼다. '3종, 각 천 부씩 총 3천 부'라는 발주서 내용을 지업사와 인쇄소 두 곳 모두 잘못 이해한 바람에(사고가 날 땐 꼭 그렇다) 각 3천 부가 인쇄되어 무려 9천 부의 엽서가 집으로 배송되었다. 기사님이 현관에 놓아 주신 엽서 뭉치를 도저히 방으로 옮길 수가 없어 여러 번에 나눠 옮겼다. 모자란 것보다 남는 게 낫다지만 이건 그런 수준이 아니었다. 엽서를 소진하는 방법에 대해선 차차 생각하기로 했다. 참고로 코팅을 하지 않은 엽서는 색이 묻어나고 금방 바랜다.

아무리 좋아하는 일이라 해도 세 권의 신간 작업

과 행사 준비를 혼자 한다는 건 미친 일이라는 걸 점차 알아 갔다. 특히 거치대의 각도와 테이블 천의 비침 정도가 중요한 사람에겐 더욱 그랬다. '혼자'의 문제는 또 있었는데, 혹시라도 내가 도서전에 참석하지 못하면 아예 부스를 열 수 없다는 것이었다. 절대, 절대로 코로나에 걸리면 안 되었다. 믿음직한 이가 대신 부스를 지켜 준다 해도 격리 기간(당시는 14일) 중인 확진자 집에 있는 물품을 외부로 가져갈 수는 없는 노릇이니 어쩌면 나의 가장 큰 임무는 신간이나 굿즈 제작이 아니라 코로나에 걸리지 않는 것인지도 몰랐다. 도서전 한 달 전부터 외식은 물론이거니와 김밥 한 줄 포장하지 않았다. 주문과 동시에 쪄서 내주는 만두도 불안해서 냉동 만두를 사 왔고, 인쇄소에 갈 때는 마스크를 두 개 겹쳐 쓴 채로 사무실 안이 아닌 밖에서 기다렸다. 사람을 만나지 않는 건 기본이었다. 부모님도 예외가 아니었다. 가까운 이들 누구도 나의 이런 유난에 지나치다 말하지 않았다. 그들이 아는 나는 충분히 그러고도 남을 사람이고, 무엇보다 도서전이 얼마나 나에게 간절한지 모두가 알았다. 나는 도서전을 정말 잘 끝내고 싶었다.

이번 도서전은 독자가 아닌 참가사로서 그 분위기를 느껴 보는 첫 경험이었다. 참여만으로 의의가 있다는 건 빈말이 아니었다. 처음부터 홈런을 치겠단 포부 같은 건 애초에 없었다. 그럼에도 손익 분기점 생각을 아예 안 할 수는 없었던 것은, 규모가 작아지면서 부스비가 대폭 줄어들기는 했지만 도서전을 위해 구입하고 제작한 것들을 합하면 작은 출판사에게는 결코 적은 금액이 아니기 때문이었다. 통장의 구멍은 기정사실이었고 최소화하는 게 중요했다. '하루에 이 정도는 팔아야 한다'는 계산이 섰다. 그게 가능한지 아닌지조차 감이 오지 않는 도서전 초짜는 한 출판사 대표님의 말을 떠올렸다. "도서전에서 책 의외로 잘 나가요."

첫날, 열 권도 팔지 못했다. 부스는 대부분 고요했고, 부스 앞에 잠시 멈춰 섰던 사람들은 이벤트에 참여한 후 엽서와 책갈피를 집어 갈 뿐이었다. 손에 들린 봉투에는 다른 출판사에서 구입한 책이 들어 있었다. 그날 함께 부스를 지킨 이은혜 작가님과는 농담을 하고 작게 웃으며 초콜릿을 나눠 먹었다. 작가님

은 헤어지는 순간에도 충분히 짐작 가능한 어떤 말을
꺼내지 않았다.

여기서 놀라운 이야기를 하나 하자면 집으로 돌아
가는 나를 감싼 감정에 관한 것이다. 나는 어이없게
도 행복했다. 가만 있으려 해도 자꾸 웃음이 새어 나
왔다. 이 적절치 않은 감정을 어떻게 설명해야 할까.

하루치 목표에 아깝게 미치지 못했거나 아슬아슬
하게 목표를 넘겼다면 나는 크게 기쁘고 이내 초조했
을 게 분명하다. 본전 생각은 더욱 간절해져서 내일
과 모레는 좀 더 팔려야 하는데, 내일 이것보다 덜 팔
리면 어쩌지, 오늘 많이 나간 책을 좀 더 가져와야 하
나 하며 안달했을 것이다. 기대라는 건 사람을 희망
차게도 하지만 불안하게도 만든다. 그런데 이건 뭐
열 권이 채 안 팔려 버리니 단번에 마음 정리가 되었
다. 아쉽고 속상하고 그런 것조차 없었다. '그래, 우
리를 전혀 모르는 사람들 앞에 선 것으로 충분하지.
무엇보다 내가 부스를 지킬 수 있는 게 어디야.' 오히
려 순수한 기쁨이 차올랐다. 책을 만드는 사람이어
서, 도서전에 참가할 수 있어서 감사했다. 도서전 소
식을 메일로 접했을 때의 마음이었다. 가진 것이 없

어서도 불안하지만 때로 가진 것이 없어서 불안하지 않을 수 있다는 걸, 욕심을 내지 않을 때 찾아오는 자유함을 그 밤, 새롭게 경험했다. 마음이 그처럼 편할 수가 없었다. '남은 4일, 즐겁게 보내자!'

5일간 육체적으로 무척 힘들었다. 집에 오면 배가 고픈데도 밥알이 목구멍으로 넘어가지 않았다. 다리 부종은 말할 것도 없고, 온몸이 다 아팠다. 내가 대표가 아닌 직원이라면 일단 비공개 계정에 출판사 욕을 한 바가지 하고, 퇴사를 고민하거나 대표를 미워해도 할 말 없다고 날마다 생각했다. 3개월간 책 세 권을 내는 것만으로 충분히 빡빡한 일정이었는데 도서전을 욕심낸 것으로도 모자라 준비 단계에서 너무 과하게 힘을 쏟은 탓이었다. 노래 대회에서 전주에 열정적인 퍼포먼스를 보이느라 정작 노래가 시작되었을 땐 호흡이 딸려 쉰 소리만 내뱉었던 개그맨 김신영의 아버지가 떠올랐다. 예심에서 떨어지셨댔나?

물론 그 5일간의 즐거움은 이루 다 말할 수 없다. 꿈꾸는인생 이름으로 부스가 놓였다는 게, 그곳에서 우리 책 이야기를 실컷 할 수 있다는 게, 출판사에 이만큼의 역사가 쌓였다는 사실이 감격스러웠다. 꿈꾸는인생을 알고 또 모르고 와서는 사진을 찍고 책을 구매해 가는 이들에게 고마웠고, 친구들의 깜짝 방문과 인스타로만 알고 지낸 이들의 인사는 얼마나 반가웠는지 모른다. 매력적인 출판사들을 알게 된 것이나 책을 좋아하는 이들을 눈으로 확인한 것은 좋은 자극이 되었다. 그리고 PCR 검사까지 해야 하는 번거로움에도 5일간 함께 부스를 지켜 준 저자들과 친구 M이 있어서 행복했다.

도서전을 이야기하며 절대 빼놓을 수 없는 사람은 인스타그램 친구 H다. 한 번도 만난 적 없는 사이였음에도 부스 설치를 도와주러 현장으로 와 주었을뿐더러, 힘 쓰는 일을 혼자 다 했다. 엘리베이터가 없다는 공지는 도서전 기간 동안 독자용이 없다는 의미였는데, 건물에 아예 없다는 것으로 착각한 멍청한(어떻게 그걸 착각할 수 있냐!) 나 때문에 화물용 엘리베이터를 버젓이 두고 계단을 몇 번이나 오르내리며 짐을 날랐다. 그러면서도 힘든 내색 없이 뭐 하나라도 더 해 주고 가려 했다. 그날의 고마움을 글 몇 줄에 담을 수 없다.

꿈꾸는인생의 첫 도서전은 그랬다. 또 기회가 있을지 어떨지 모르지만, 부스가 터질 듯 독자가 몰리고, 저자 사인 이벤트에 준비된 도서가 조기 소진되어 독자들에게 사과를 전하고, 각종 언론사에서 도서전을 다루며 집중 조명하는 출판사가 되는 날이 오더라도 이 첫 번째 도서전이 내 마음의 일등일 수밖에 없다. 처음이란 그런 거다. 그래서 첫 도서전을 함께한 이들도 내게는 영원히 기억될 것이다. 평생 우려먹으며 행복해하고 고마워할 예정이다.

그나저나 두 번째 도서전이 있을까. 처음보다는 훨씬 편한 마음으로 준비할 수 있을 것 같은데. 테이블을 덮는 천 같은 것에 집착하지 않고, 이벤트 비누틀 정도는 크게 따지지 않고, 공지도 잘 이해하며. 그리고 무엇보다 두 번째인 만큼 첫날에 열 권은 넘게 팔 거다.

책이 가는 길

꿈꾸는인생의 책은 내용이든 문장이든 내가 좋아서 낸 것들이 대부분이다(내용이 좋은 것과 문장이 좋은 것은 다르다). 그런데 개인의 취향과는 구별되는 의미로 내기를 잘했다고 생각하는 책이 몇 권 있다. 그중 하나가 방송가의 부조리를 담은 『쓰지 못한 단 하나의 오프닝』이다. 그간 출간한 책들과는 성격이 달라서 기획 단계부터 의외라고 말하는 사람들이 있었다. 그들의 반응이 우려인지 반가움인지는 알지 못했으나 나 역시 에세이 위주의 출판사에서 사회과학(정치사회) 분야의 책이 나오는 게 과연 이 주제에게 좋은 일일지 고민했다. 그럼에도 출간을 결정한 건 이것저것 다 떠나 욕심이 나서였다.

이 글을 발견한 건 브런치였다. 하나의 글에 시선이 멈췄는데, 방송국의 비상식적인 노동 환경에 대한 전직 라디오 작가의 기록이었다. 몇 개의 글을 연달아 읽고 난 후 그 글들이 묶인 제목을 보았다. '방송가 불온서적'.

나는 뒤늦게 쓴다. 온갖 것을 쓸 수 있었지만 방송 현장만큼은 쓰지 않았던 비겁한 시사 라디오 작가, 나에 대해. 내가 보고 느꼈던 방송 현장의 부조리에 대해. 그리고 오늘도 그 부조리에 맞서는 사람들에 대해. 이건 내 방식의 참회다. 아니, 내가 했어야 했던 문제 제기를 대신하는 사람들에게 보내는 부끄러운 응원이다. (『쓰지 못한 단 하나의 오프닝』, p.255)

지금이 어느 시댄데 하면서도, 혹시라도 이 책이 저자를 곤경에 빠뜨리지는 않을까 염려했다. 이 책의 영향력이 클 거라 기대했기 때문일 테다. 옛날 사람인 데다 쓸데없이 상상력이 풍부한 나는, 작가님 잡혀가면 어쩌냐면서, 통화 중에 갑자기 신호가 끊기고 내가 다급히 작가님 이름을 부르는 모습을 장난스레 연기하며 불안을 덮었다. 〈유퀴즈 온 더 블럭〉에서 연락이 올지도 모른다고 호들갑을 떨기도 했다. 불안도 인기 프로그램의 섭외에 대한 바람도 모두 진심이었다.

그러나 내가 염려한 일이나 기대한 일은 일어나지 않았다. 서점 MD들이 관심 있게 본 이 책은 화제가 되지 않았다. 꿈꾸는인생의 책 중 가장 많은 관련 기사가 나왔고, 팔로워 5만 명이 넘는 유명 방송인이자 작가의 SNS에 오르기도 했지만 책의 걸음은 느렸다. 에세이로 가져갔다면 좀 더 많이 읽혔을까, 쉽게 단념하지 말고 보다 적극적으로 여러 사람에게 추천사를 부탁했어야 했나, 르포 형식이 나았을까. 끝내 답을 알 수 없을 물음들을 이어 갔다. 느린 걸음이 아쉽고 서운해서.

그런데 책의 걸음이란 참 신비롭다. 가끔 생각지 않은 곳으로 향한다. 하루는 이은혜 작가님이 전화로 소식을 전해 주었다. 책을 읽은 모 팟캐스트 방송 PD로부터 섭외 연락이 왔고, 어느 사이트에서는 책 내

용과 관련한 글을 몇 회에 걸쳐 올리기로 했다는 것이었다. 우와, 좋다, 잘됐다, 기쁘다를 반복했다. 이후 작가님은 한겨레교육에서 '불온한 에세이'라는 이름의 에세이 수업을 열게 되었고, 방송작가로 다시 복귀했다.

책을 만들 때, 나는 이 책이 방송가에 몸담은 이들에게 연대와 선언의 기회가 되어 줄 거라 예상했고, 또 그러기를 바랐다. 그건 저자의 바람이기도 했다. 그런데 책은 그 길로만 가지 않았다. 우리가 예상한 길에서 작지만 단단한 목소리를 냈을 뿐만 아니라 방송가를 넘어 증언과 기록이 필요한 이들에게 닿았고, 그들이 글을 쓰도록 돕는 역할을 했으며, 저자가 그토록 사랑한 일, 방송작가의 자리로 그를 다시 이끌었다. 느리지만, 저자와 나의 생각보다 더 멀리, 더 여러 길로 향했다.

책은 여러 사람의 손을 거쳐 만들어진다. 그 여럿은 책을 만들며 책이 가는 길을 예상하고 준비한다. 그런데 책의 길을 예측하기란 어렵다. 저자와 출판사가 한동안은 길을 터 주고 불빛을 밝혀 주지만, 책의 걸음을 결정할 수는 없다. 그리고 어느 순간이 되면 책은 뒷모습조차 보이지 않게 멀어진다. 그렇게 떠나보내는 거다. 그러다 어느 날 저 멀리 가 있는 책의 소식을 듣고, 또 저기쯤 가 있는 책의 흔적을 만난다. 소식을 빨리, 자주 전하는 책이 있는가 하면 그렇지 않은 책이 있고, 전혀 생각지 않은 곳에서 안부를 전해 오는 책이 있다. 책은 대체로 자기의 길을 간다.

책의 걸음을 생각할 때면 늘 하나의 책을 떠올린다. 대학원 재학 시절, 학교 서점에서 우연히 집어 들었다가 책에 큰 도움을 받고는 친구들에게 선물을 하고 언젠가 선물하게 될 때를 대비해 몇 권을 더 사 두기도 했던 책, 『내 영혼의 샴페인』. 절판 소식에 나는 중고서점을 살피며 이 책의 진가를 알아줄 누군가가 나타나기를 진심으로 바랐다. 중고서점에만 있어서는 안 될 책이었다. 출판사를 시작하기 전의 일이었다. 그리고 내가 그 책을 다시 펴냈다. 『예수는 믿는데 기쁨이 없어서』라는 이름으로. 책이 한 사람의 마음으로 깊이 들어와 일어난 일이다. 그 책이 『내 영혼의 샴페인』의 이름으로 만들어지던 때, 책의 걸음이 이렇게 이어질 거라 누가 예상했을까.

그래서 나는 책의 걸음을 믿기로 했다. 가는 길을 알지 못해 답답하고, 느린 걸음에 못내 서운하고, 가다가 멈춘 것을 알았을 때 할 수 있는 일이 없어 속상하지만, 책은 결국 스스로의 길을 잘 찾아갈 것이다. 지금도 내가 생각한 것보다 더 멀리, 더 여러 길로 가고 있을 것을 안다.

글 잘 쓰는 편집자들에게
묻고 싶은 것

이 나라엔 글 잘 쓰는 사람이 어쩜 이렇게 많은지, 책을 만드는 사람으로서 반가우면서도 한편으론 주눅이 든다. 작가야 글 쓰는 게 업인 사람이니 그렇다 쳐도, 독자 서평이 끝내주게 좋을 건 또 뭔가. 아니 감상평이 이렇게 재미있을 일인가. 문장 하나하나가 다 명문일 필요는 없지 않나 말이다. 특히 내가 엮은 책의 서평이 그런 경우, 나는 신이 나는 동시에 준비도 없이 내 한계를 맞닥뜨리고 만다. 보도자료를 이렇게 작성했어야 하는데….

글 잘 쓰는 편집자들의 등장에는 더더욱 예민해

진다. 근사한 책 소개를 너머 일상 글마저 술술 읽힌다? 사람들이 '편집자는 글 잘 쓰는 사람'이라고 오해할까 봐 초조하다. 실제로 '편집자'라고 나를 소개했을 때, 딱 한 번이었지만 "오, 글 잘 쓰시겠네요"라는 말을 들은 적이 있다. 분명히 말할 수 있는데, 어느 분야든 특출난 사람들이 존재하고 대개 그들은 소수다. 당신이 '오' 하며 감탄한 글을 쓴 편집자가 바로 그런 인물이다.

나는 그 소수에 속하는 사람이 아니다. 그런데 안타깝게도 그만큼의 능력이 요구되는 자리에 있다. 직원이 하나뿐인 출판사는 그의 글발이 매우 중요하다. 책을 제외하고는 출판사에서 나가는 모든 글의 출발지가 그 한 사람이다. 보도자료, 메일, SNS(블로그), 뉴스레터 등 다 혼자 책임진다. 특히 독자와의 소통 창이기도 한 SNS 활동은 1인 출판사에게 매우 중요하다. 책 소개뿐 아니라 저자와의 첫 만남, 책 작업 과정, 인쇄실 풍경을 비롯해 아무도 묻지 않은 개인의 일상까지 세세하게 나누며 독자와의 아이 콘택트를 쌓아 나갈 수 있다. 문제는 SNS가 편하게 글을 써도 되는 공간인 동시에 평소 글발이 가차없이 드러나는 곳이라는 거다.

글을 다루는 사람이라고 해서 글을 뚝딱 만들어내지는 않는다(내 이야기다). 긴 글이 쉽게 써지는 날이 있는가 하면, 짧은 이야기가 도통 풀리지 않아 애꿎은 옆머리만 계속 잡아당기는 날이 있다. 자판에 손을 얹은 채 끙끙거리다 보면 문득 궁금해진다. 내가 '오' 하고 감탄한 글을 쓴 사람에게는 글쓰기가 어떨까. 대체로 어려울까, 쉬울까.

광고회사 기획팀 인턴으로 직장생활을 시작했다. 업계에서 이미 유명한 각 분야의 전문가들이 모여서 세운 회사였고, 운이 좋게도 재직한 두 달 사이에 TV 광고가 런칭되어 "내가 다니는 회사에서 만든 광고"라는 자랑도 해 봤다.

당시 회사가 모 신문사 캠페인을 맡으면서 그곳 기자가 회사로 출근하는 일이 많았다. 이름은 물론 생김새도 기억나지 않는다. 안경을 꼈다는 것만이 어렴풋이 남아 있다. 30대 중반쯤이었던 것 같고. 회사에는 대표님을 찾는 정치인들의 연락이 잦았는데, 전화 응대는 내 업무가 아니었지만 대리님이 간혹 자리를 비울 때는 내가 그 일을 해야 했다. 두 가지만 기억하면 됐다. 대표님께 바로 연결하지 않기, 발신인 메모 후 전달하기. 그날도 매뉴얼대로 전화를 건 이의 이름을 물었고, 나는 상대의 말을 한 번에 알아듣지 못했다. "죄송한데 다시 한 번 말씀해 주시겠어요?" 다시 들은 이름이 맞는지 되묻고는 한 번 더 한 자, 한 자 끊어 확인한 후에야 전화를 끊었다. 별것 아닌 일에도 긴장감이 치솟던 인턴이라 전화 한 통에도 기진맥진한데 옆에 있던 기자가 말을 걸었다.

"지애 씨, 글 잘 못 쓰죠?"

대관절 이게 무슨 말이지. 나는 회사로 걸려 온 전화를 받았을 뿐인데. 1분도 채 안 되는 짧은 통화가 그에게 나의 작문 실력을 알려 주고 만 건가.

"그 사람을 몰라요? 국회의원인데? 신문 안 읽죠?"

틈 없이 이어지는 질문에 그 사람을 모른다는 답만 겨우 했고, 그는 확신에 차 말했다.

"신문 안 읽는 사람은 글 잘 못 씁니다."

사람 이름이고 지명이고 간에 원래 잘 못 알아듣는다고, 특히 전화상으로는 더 그렇다고 말하지 못했다. 이건 알고 모르고의 문제가 아니라 귀의 문제였다. 엉뚱하게 알아들어서 생긴 에피소드가 여럿 있고, 그중 몇 개는 퍽 재미있기도 했지만 그걸 말할 타이밍이 아니었다. 나는 그의 말에 불쾌해지거나 그가 무례하다고 느끼기보다 그 상황이 민망하면서도 재미있었는데, 그 '재미'에는 내 약점이 들킨 데 대한 찔림이 크게 작용했다.

'신문 읽지 않는 대학생'에 대한 우려와 비난이 여기저기서 들리던 때, 내가 바로 그 대학생이었다. 요즘처럼 각 분야 주요 뉴스를 정리해 주는 서비스가 많지 않던 시절에도 나는 기어코 그런 것을 찾아 읽었고, 가끔 어떤 이슈로 나라가 시끄러울 때는 신문 대신 인터넷 창을 열었다. 그런 내가 한심하게도, 부끄럽게도 느껴졌던 게 사실이다. 그러니까 '신문 안 읽죠'는 그날의 전화 통화와는 아무 관련이 없는 말이었지만 나라는 사람에게는 매우 상관있는 말이었다. 그날 이후 아침마다 신문을 펼쳤고, 정치, 경제, 사회, 세계정세에 두루 관심을 두는 청년이 되었다면 얼마나 좋았을까마는… 그런 인간이 되지 못했다. 하지만 기자의 말만큼은 마음에 담았다. 글은 잘 쓰고 싶었으니까.

이십 대를 추억할 때나 아주 가끔씩 떠올랐던 그날의 일이, 출판사를 운영하면서는 자주, 불쑥불쑥 튀어나온다. 글 잘 쓰는 편집자를 볼 때마다, 내 글쓰기에 좌절할 때마다 그 옛날 그의 말이 내 목소리를 입은 채 자꾸 귀에 맴돈다. (분야에 따라 다를 테지만) 글도 음악이나 그림처럼 타고난 감각이 큰 역할을 하고, 꾸준한 글쓰기와 피드백을 받아 보는 경험이 글을 쓰는 데 도움이 된다고 믿어 왔으면서, 사실은 그거 다 아니고 결국 신문이 답이 아닌가 싶은 거다. 내 글이 여태 여기에 머물러 있는 건 신문을 안 읽어서가 아닐까 하고.

십여 년 전 그 기자가 사실은 미래에서 나를 돕기 위해 시간을 넘어온 사람이고, 어리석은 나는 그의 조언을 따르지 않아 끝내 미래를 바꾸지 못한 거란 상상을 해 본다. 어처구니없는 말처럼 들리겠지만 그가 미래에서 온 건지도 모른단 의심에 힘을 더하는 일이 하나 있다. 인턴 기간이 끝나 갈 때쯤 내 마지막 날을 보지 못할 수도 있다며 그가 미리 굿바이 인사를 건넸다.

"지애 씨는 어딜 가나 예쁨받을 거예요. 잘 웃는 사람은 그래요."

글 잘 쓰는 편집자들의 글을 오늘도 읽는다. 여러 겹의 감정이 쉽고 간결한 문장으로 모자람 없이 표현될 때, 긴 문장이 지루함 없이 부드럽게 넘어갈 때, 담담한 문체에 깃든 유머가 강력할 때, 특히 서사와 논리에 빈틈이 없을 때 읽는 즐거움이 크다. 이렇게 편하게 읽히고 잘 소화되는 글이라니. 꼭 알맞은 단어를 찾아내고 그 단어와 단어를 자연스럽게 이을 줄 아는 사람들이 부럽다. 그런 이들은 말도 그렇게 하려나. 생각도 그런 식이려나.

지극히 개인적인 입장이지만, 모든 편집자가 글을 잘 쓸 필요는 없다. 글을 잘 볼 줄 알고, 글에 대한 이해가 분명하며, 잘못된 문장을 잡아낼 수 있는 능력만으로도 충분하다. 아무 글이나 다 재미있게 써 버리고야 마는 글솜씨는 1인 출판사 대표에게나 필요하다. 그래서 묻고 싶다. 언제부터 글을 잘 썼는지, 어떤 식으로 글을 쓰는지, 혹시 신문을 읽는지 어떤지 말이다.

서평에 마음 상하지
않아도 되는 이유

재미없다를 넘어 너무 별로였다는 식의 감상평을 읽으면 일단 가슴이 서늘해지고 우리 책이든 아니든 저자가 이 글을 읽었을까 봐 너무 걱정이 된다. 읽었겠지. 읽었을 테지. 그런데 사실 충분히 그럴 수 있는 일이다. 나는 내가 아주 좋아하는 작가의 책에 최하점을 준 누군가의 성실한 글을 읽은 이후로 무엇도 가능하다는 것을 알았다. 모든 이에게 같은 정도로 사랑을 받는다는 건, 사실 불가능에 가깝다. 남들이 뭐라 하든 나도 별로인 사람과 글이 있으니까. 문제는 말이 쉽지 내 일에선 쿨해지기 어렵다는 것.

책을 통해 만나는
글 밖의 세상

들시리즈 4호 『냄새들』은 후각이 발달한 저자의 본격 냄새 이야기로, 역시 후각이 발달한 내게 작업 내내 큰 즐거움을 준 책이다. "햇살 냄새, 비 오는 날 1교시 냄새"(p.5) 같은 구절에선 너무 좋아 현기증이 날 정도였으니까 '대표의 사심 채우기' 주제였음을 인정한다.

책 작업을 하며 문득 궁금했다. 저자와 내가 그렇듯 다른 사람들에게도 냄새와 짝지어진 추억이 있지 않을까. SNS에 글을 올렸다. "당신의 기억 속에 남아 있는 냄새를 들려주세요." 이후 며칠 동안 댓글에 각

종 냄새들이 담겼다. 장마철이면 사장님이 드라이어로 젖은 고서적을 말리던 첫 직장의 풍경과 그때의 책 냄새, 엄마가 끓여 주던 비릿한 콩나물국 냄새, 짝사랑한 학교 선생님에게서 나던 스킨 향, 시골 고향 집에서 피우던 모기향, 야간 자율학습 후 하굣길의 밤공기 냄새, 어린 시절 아빠를 잃고 한없이 맡았던 아빠 베게 냄새, 앓아누운 내 이마를 짚던 아이의 손 냄새, 열기와 열정이 담긴 공연장의 수증기 냄새…. 누군가의 인생에 오랫동안 남아 있는 냄새는 싱그럽고 포근하고 아팠다.

그런데 갖가지 냄새에 관한 기억들 속에 조금 다른 의미로 인상적인 글이 하나 있었다. 스스로를 '후각 상실자'로 표현한 그는 자신의 후각 상실을 처음으로 자각하게 된 날을 들려주었다. 대여섯 살 무렵인가 TV에 한 남자가 여자에게 꽃다발을 전해 주는 장면이 나왔는데 꽃을 받아 든 여자가 꽃에 코를 가져다 대는 행동을 이해하기 힘들었다고. 그러면서 아기 냄새, 오래된 책 냄새, 꽃향기, 바다 냄새, 비 오는 날의 냄새, 빵 냄새 등을 실제로 한번 맡아 볼 수 있다면 좋겠다고 했다.

그 글을 읽고 나서야 내가 후각 장애에 대해 생각해 본 적이 없다는 걸 깨달았다. 청각, 시각 등에 장애가 있을 수 있다면 당연히 냄새를 맡는 감각에도 장애가 생길 수 있는 건데, '냄새를 맡지 못함'은 일시적인 문제거나 감각이 조금 둔한 것쯤으로 여겼다. 침실, 작은 방, 베란다, 현관의 냄새를 구분하고, 오전과 오후의 냄새 차이를 느끼는 나는 냄새가 빠진 일상을 상상하기가 어렵다. 후각 상실자에게 바다 냄새, 비 오는 날의 냄새, 빵 냄새가 그러하듯. 그가 남긴 짧은 댓글은 내가 알지 못하는 세상이 많다는 걸 새삼 깨닫게 해 주었다.

로봇 프라모델이 등장하는 에세이*를 출간하기로 했을 때, '런너'니 '기믹'이니 한 번도 들어본 적 없는 단어들과 마주했다. 그건 마치 후각을 상실한 어린아이에게 꽃 가까이 코를 가져다 대는 행위 같은 것이었지만 그 생소함이 어색하기보다는 흥미로웠다.

첫 미팅에 채반석 작가님은 플라스틱 통에 로봇

---

* 채반석, 『그깟 취미가 절실해서』

몇 개를 담아 가지고 나왔다. 실물로 보여 주면 좋을 것 같았다면서. 나는 그가 이렇게까지 친절할 필요는 없다고 생각했다. 로봇을 모른다고 해서 로봇 수집가에게 그것이 갖는 의미마저 모르지는 않았다. 혹여 로봇이 상하기라도 할까 봐 손을 대기도 조심스러운데, 플라스틱 통에서 부품을 꺼내 조립하는 그는 이깟 로봇쯤 뭐, 그런 마음이기라도 한 것처럼 시종일관 차분했다. 빨리 저 로봇을 통에 넣었으면 하는 내 마음도 모르고 작가님은 노트북 앞에 로봇을 세워 둔 채 이야기를 이어 갔다. 그러다 결국 작은 일이 벌어졌다. 테이블에서 컵을 들어 옮기는(작가님이) 과정에서 컵 표면에 맺혀 있던 물방울들이 주르륵 흐르고만 것. 앗! 작가님과 내 손이 동시에 뻗어졌다. 내 손은 물방울이 떨어진 노트북(작가님의)으로, 작가님의 손은 물방울의 영향력이 거의 미치지 않았을(분명하다) 로봇으로.

로봇이 상하지 않은 게 다행스러우면서도 나는 이 상황이 너무 웃겼다. 서로 다른 것을 살피느라 바쁜 눈과 로봇에서 눈을 떼지 않은 채로 "노트북은 뭐 괜찮습니다"라는 작가님의 답변까지, 완벽했다. 그 순간은 200 페이지에 빼곡히 채워진 문장들보다 훨씬 강력하게 '로봇 사랑 세상'을 알려 주었다. 진짜 그 세상을 만난 기분이었다.

『달리다 보면』을 팀블벅 프로젝트로 진행하며 크라우드 펀딩 세상을 엿보았다. 몇 번 후원은 해 보았지만 크라우드 펀딩에 관심이 있었던 건 아니라 사이트를 찬찬히 살펴본 건 처음이었다. 아마추어 느낌이 나는 것부터 프로의 기획임을 알 수 있는 것까지 온갖 분야의 제품과 서비스가 올라와 있었다. 살면서 단 한 번도 생각해 본 적 없는, 가령 특정 시대의 복시 자료(일러스트) 같은 게 눈을 끌었는데 내겐 신기해 보이는 이 자료가 누군가에게는 엄청 절실한 정보일 것이었다. 구원의 동아줄 같겠지. 예전 같으면 고증을 위해 방대한 양의 자료를 찾아 정리해야 했을 텐데, 시대의 유익이 분명했다.

프로젝트의 다양함도 놀라웠지만 인기 프로젝트는 후원금이 천만 원도 넘는다는 데 입이 벌어졌다. 무려 억대를 찍은 것도 있었다. 가치 있고 창의적인 도전에 후원으로 응원하는 이들이 이렇게나 많다는 것, 예쁘고 독특하고 재미있는 것은 일단 소장하려는 마음이 크다는 것, 누구라도 자신의 아이디어와 노력을 상품화할 수 있다는 것 모두 새로웠다. 이후로 이따금 텀블벅에 들어가 본다. 아직은 동참의 욕구보다는 호기심이 크다. 최근에 인상적이었던 건, 성인 웹툰 작업자를 위한 19금 자료 모음이 목표금액 1000%를 넘긴 것이었다. 과연 이쪽 종사자가 이렇게 많을까…. 여러모로 유익한 곳임엔 분명했다.

한 권의 책을 만들 때마다 글 밖에서 새로운 세상을 만난다. 그 세상은 구체적이고 생생하다. 가끔은 그곳으로 이끈 책 속 문장들보다 더 깊고 오래 내 안에 남기도 한다. 책장에 꽂힌 『냄새들』을 보며 냄새를 맡지 못하는 사람들을 떠올리는 것도 그런 이유일 테다. 참, 얼마 전에 TV를 돌리다가 우연히 또 다른 후각 상실자를 보았다. 그 역시 맡고 싶은 냄새들을 나열했는데, 그 안에는 '음식물 썩는 냄새'가 포함되어 있었다.

돈 문제는 돈으로밖에
해결되지 않는다

    오랜만에 만난 지인이 자신의 연봉을 공개하며 신세를 한탄했을 때, 나는 그가 부러웠다. 그가 '박봉'이라 칭한 그 급여가 나에겐 적은 돈이 아니기도 했고, 무엇보다 일정한 금액이 성실하게 찾아오는 삶의 안정감이 내게는 없어서였다. 이런 때 "나는 그것도 못 벌어"라든지 "박봉이라도 꼬박꼬박 들어왔으면 좋겠다" 하는 대신 그저 고개만 끄덕인다. 내 상황이 그보다 못하다고 해서 그의 괴로움이 가볍다는 건 아니니까. 깊은숨 한 번에 본심을 감춘 채 나도 현실적인 고민이 많다고 하자 그 역시 깊은숨을 내쉬며 말한다. "그렇지. 그래도 너는 책을 만들잖아."

책 앞에서 많은 이들이 낭만 렌즈를 낀다. 나는 이
걸 출판사를 운영하며 알게 되었다. 책을 읽는 사람
이나 읽지 않는 사람이나 책 만드는 일을 '좀 멋진'
일로 생각하는 바람에 나의 현실은 자주 '그래도'에
묻힌다. 꽤 여러 번, 나는 저 '그래도'가 이끄는 말이
어떻게 위로나 보상이 될 수 있는지 궁금했다. 만약
내가 음식점이나 카페, 학원을 차렸다면 손님이 없다
는 말이 훨씬 심각하게 받아들여졌을 것이 분명하다.
적자가 계속된다는 말에 "그래도 너는 설렁탕을 만
들잖아" 하지는 않을 테다.

월급 없이 산 지 5년이 되었다. 한 달 수익은 그 전
달 책 판매에 따르고, 책은 대체로 잘 팔리지 않는다.
매달 중순을 지나면 다음 달 수익을 대강 짐작할 수
있는데 그래서 일찍부터 우울해진다. 백만 원 남짓이
통장에 찍히면 제작비커녕 생활이 어렵다. 나뿐 아니
라 많은 자영업자들이 그러고 산다.

올해 봄, 오랜만에 출판 관련 구직구인 사이트인
북에디터에 접속했다. 외주를 다시 시작하든 취직

을 하든 해야 했다. 경제경영, 참고서, IT 등 작업 경험이 없는 것을 넘기고 나면 사실 외주 자리는 별로 없다. 대부분의 출판사들이 이미 합을 맞춰 본 외주자와 작업을 이어 가니 당연한 일이다. 보다 안정적인 삶을 위해선 취직이 좋겠지만 그건 외주 일을 찾는 것보다 더 어렵다. 나이 많고, 게다가 출판사를 운영하는 나를 채용할 곳이 있으려고. 이런저런 생각에 이력서 한번 보내지 못하면서 매일 아침저녁으로 구인 게시판을 들락날락했다. 그거라도 해야 답답한 마음이 조금이나마 풀렸다.

5년간 스무 권 가까이 책을 출간했다. 첫해에 한 권을 내었으니, 4년 동안은 해마다 4권씩 낸 셈이다. 그 과정에서 멋진 사람들을 만났고, 이상한 사람들도 만났고, 부끄러운 나 자신도 마주했다. 다양한 글을 만졌고, 그 글들은 각기 다른 색과 소리로 몇 번의 봄, 여름, 가을, 겨울을 특별하게 해 주었다. 책이 아니었다면, 아니 정확히는 출판사를 운영하지 않았다면 시도하지 않았을 일들도 해 보았다. 얼굴 한번 보지 못한 이들로부터 때마다 큰 응원과 격려를 받았고, 책을 만들어 주어서 고맙단 과분한 인사도 받았다. 잘한 일 못한 일, 즐거운 일 괴로운 일 모두 (진부한 표현이지만) 내 인생의 자양분이 되었다. 출판사를 시작하기 전보다 더 나은 사람이 되었는지는 모르겠지만, 내 세계가 조금 더 넓어진 것만은 확실하다. 지난 5년은 그 자체로 가치 있고 고마운 시간이었다. 누구 말마따나 '꽤 괜찮은' 인생. 여기까지는 개인 홍지애의 시선이다.

출판사 대표의 입장은 매우 다르다. 전혀 괜찮지 않다. 일은 결과로 말해야 한다. 계속되는 적자 앞에서, 그래도 멋진 사람들을 만났고 그래도 보람되는 일을 했고 그래도 배운 게 많았다며 꽤 괜찮은 인생 어쩌구 하는 건 정신이 나간 거다. 책 만드는 회사가 책을 못 팔고 있는데 뭘. 어떤 미사여구로도 포장이 불가능하다.

통장 세 개를 모두 더해도 잔고가 2백만 원이 안되는 상황을 맞았을 때 어이가 없었다. 뒷자리 하나바뀔 게 없는데도 그 세 개의 숫자를 몇 번이나 더해보았다. 그 자체도 충격이었지만 더 큰 문제는 다음 달에 제작비와 인세까지 더하여 8백만 원이 나가야 한다는 것이었다. 당장 6백만 원을 마련해야 했고,

그것으로 끝날 일도 아니었다. 이대로면 다음 달, 그 다음 달도 계속 이런 식이 될 터였다. 막막함보다는 슬픔이 차올랐다. 마흔셋, 열심히 꾸려 온 출판사 5년의 결론이 이거라니. 1년 반 전부터 가까스로 버티며 꿀꺽꿀꺽 삼켜 온 말이 기어이 내 안에서 터져 나왔다. '망했네.'

결국 은행 대출을 받았다. 언제, 어떤 식으로 상환하겠단 계획 같은 건 나중에 생각하기로 했다. 일단 급한 불부터 꺼야 했다. 예전에, 가까운 지인들에게 책 이야기를 하기가 불편하다는 내게 "네가 아직 빚이 없어서 그래" 했던 J 언니가 떠올랐다. 관계고 체면이고 따지는 것도 다 살 만해서고, 빚이 생기면 훨씬 씩씩하게(혹은 뻔뻔하게) 책 장사를 할 수 있을 거라던 J 언니. 언니의 말 대로라면 이제 나는 거리낄 게 없어야 했다. 더 열심히 사람들을 만나고, 더 구석구석 책방을 다니고, 어떻게든 우리 책을 이야기할 기회를 만드는 데 더 열정적이어야 옳았다. 그런데 웬걸, 아무것도 하기가 싫어졌다, 아무것도.

버티기 차원의 연이은 대출은, 내가 잘 해내지 못했음을 알려 줬다. 그거였다. 나는 잘 해내지 못했다.

더 괴로운 건 상황이 나아질 가능성이 보이지 않는다는 것이었다. 끝도 없이 실패감이 몰려왔다. 지난 5년간 최선을 다했기에 실패감이 더욱 컸다. 최선의 결국이 이것이라면, 그건 곧 내 선택들이 잘못되었다는 의미였다. 내 선택과 결정들 하나하나에 다 의심이 들고 심지어 후회가 되기도 했다. 과거의 최선을 부정하는 나 자신이 싫으면서도 매일 밤낮으로 그러고 있었다.

그동안 살면서 만난 실패들은 다른 무언가로 덮어지기도 하고, 실패를(적어도 그 마음을) 나눌 동료가 있기도 했다면 이번엔 달랐다. 누구의 관여도 없이 내가 시작하고 내가 끝낸 일의 책임은 오롯이 내 몫이었다. 그리고 돈 문제를 덮는 건 돈뿐이었다. 다정한 이들의 지지와 격려, 꺾이지 않는 마음, 끈기와 열심 같은 것들이 돈 문제를 해결해 주지는 않는다는 사실을 뼈아프게 깨달았다. 나에게 있는, 돈으로 살 수 없는 좋은 것들이 지금 가장 절실한 문제에 별 도움이 되지 않는다는 것에 한없이 무기력해졌다.

결과보다 과정이 중요하다는 말을 많이들 하지만 결과가 수반되지 않는 성실하고 정직한 과정의 누적이 사람을 무기력하게 만들기도 한다는 걸 알아 가고 있다. 무기력도, 실패감도, 뭘 해도 안 될 것 같다는 부정적인 감각도 처음이라 매일의 이 감정들이 새롭고, 일과는 전혀 상관없는 일상의 사소한 문제에서조차 기가 죽는 내 모습도 새롭다. 온통 새로운 것들에 둘러싸인 채로 "안 될 텐데", "안 될 거예요"를 입에 달고 있던 사람들과 그들에게 가졌던 내 마음을 돌아본다. 어쩌면 반복된 실패의 경험이 그들을 부정적으로 만든 건지도 모른다. 그런데 나는 그들은 원래 그런 이들이고, 그들의 그런 태도가 일을 부정적으로 이끄는 거라고 생각했다. 실패의 경험이 그들보다 적었을 뿐인 나는, 내가 언제라도 밝고 명랑하고 긍정적일 거라고 확신했다.

얼마 전에 집 근처에 새로운 카페가 생겼다. 그 앞을 지날 때마다 통유리창으로 손님 한 명 없는 텅 빈 내부를 마주했다. 테이블 위로 한쪽 팔을 쭉 뻗고 엎드려 있는 사람이 사장인지 알바생인지 알 수 없지만 어느 쪽이어도 마음이 좋지 않은 건 같았다. 저래서 가게를 유지할 수 있을까. 오랫동안 비어 있던 버스정류장 앞 장어집은 얼마 전 공사를 시작하더니 족발 간판을 달았다. 작은 가게가 아니라서 매출이 꾸준히 좋아야 버틸 수 있을 텐데 부디 장사가 잘되어 사장님이 돈 많이 벌었으면 좋겠다. 그나저나 장어집 사장님은 어디로 갔을까. 이런저런 생각을 하며 길을 걷다 보면 언제나 그 끝에는 꿈꾸는인생이 있다. 그래서 나는 어떻게 해야 할까.

이 상태의 출판사를 계속 붙들고 있는 건 어리석은 일이다. 식당이나 카페, 학원이었다면 진작에 닫았을 것이다. 그럼에도 계속 책을 만들고 있는 건 '버티는 자가 강한 것'이란 말을 증명하기 위해서도, 이 일의 가치를 다른 무엇보다 높이 사서도 아니다. 실망스럽게 들릴지 모르지만, 아직 다른 길이 보이지 않아서다. 여전히 이 일이 좋은 건 사실이니까 이 일을 어떤 식으로 이어 나갈 수 있을지 고민하고 있다.

그래도 지난 5년이 기억이 아닌 손에 잡히는 실체로 남아 있어서 좋다. 그 시간의 열심과 즐거움과 고민이 각기 다른 모양과 질감으로 남아 있으니, 이 깊은 실패감을 충분히 겪고 나면 당시의 내 최선을 다시 긍정할 수 있지 않을까. 아, 이제 알겠다. '그래도'

의 위로와 보상은 이거였다. 나의 지난 시간이 분명하게 남아 있다는 것. 나의 최선은 시간을 이어 가며 누군가에게 끊임없이 새로운 의미가 되어 줄 수 있다는 것. '그래도 책을 만든다'는 건 그런 것이었다.

기도

"하나님 아는 사람 많잖아요. 우리 책 읽으라고 말 좀 해 주세요."

초반의 성공

출판사를 시작하며 많은 축하와 응원을 받았다. 출판 일을 하지 않는 이들은 '사장'이 되었다는 데 집중했고, 이쪽 일을 했거나 하는 이들은 내 용기에 의의를 두었다. 표현은 조금씩 달랐지만 양쪽 모두 "대박 나라"로 정리되는 말들을 건넸는데, 그와는 다른 말로 나의 길을 축복하는 이가 있었다. 그가 한 말은 "초반의 성공은 오히려 독이 될 수 있다"였다.

나는 진심으로 고개를 끄덕였다. 별다른 설명을 덧붙이지 않아도 그가 말하는 게 무언지 알 수 있는 나이가 된 것이다. 하루 이틀 할 일도, 떼돈을 벌려고 시작한 일도 아니었다. 아니 우선 책으로 떼돈을 번다는 것 자체가 불가능하다(출판 일을 하는 사람 중에 그걸 꿈꾸는 사람은 없을 거다). 책 몇 권으로 건물을 샀다는 이야기를 듣기는 했으니 아주 없지는 않은 모양이지만, 그건 그야말로 천운이다. 그런 것을 바라거나 빨리 성과를 내겠다는 마음은 애초에 없었다. 다음 책을 내는 것이 크게 어렵지 않을 정도로 이 일을 꾸준히 이어 갈 수 있으면 좋겠다고 생각했다. 쌀을 사고 집세를 감당하는 선에서, 경조사가 몰리는 때에 누군가의 기쁨과 슬픔이 내게 부담이 되지는 않을 수 있게. 조금 더 솔직히 이야기하자면, 나는 초반의 성공이 무서웠다. 돈도 관계도 관심도 내가 감당할 수 있는 만큼 주어지기를 바랐다. 빠른 성공으로 스텝이 꼬여 "좋은 게 좋지만은 않았다" 말하게 되는 결말은 슬프지 않은가.

첫 책이 나왔을 때 신기하고 좋았던 건 책을 구입한 사람들의 성별, 나이대, 지역을 SCM에서 확인할 수 있다는 것이었다. 출판사를 잘 운영하려면 이 수치를 분석하는 게 중요하다고 들었다. 어느 지역에서 구매가 주로 이루어지는지, 반대로 어느 지역에서 구매가 없는지, 주 독자층의 연령대는 어떠한지 등이 이후 홍보 및 판매 전략으로 이어질 수 있어서다. 그런데 내 경우에는 그런 팁이 전혀 유효하지 않았다. 우선은 하루 판매 숫자가 10을 넘기는 일이 거의 없기도 했고(분석할 데이터가 없음), 무슨 숫자라도 찍히면 흥분이 되어 쉽게 냉정을 잃었다. 전날의 유일한 판매가 강원도에서 있었던 것을 확인하면 한 권이 팔렸다는 데 좌절하기보다 우리 책이 강원도에 가 있다는 사실에 들떴다. 강원도에 사는 30대 여성이 이 책을 샀어! 이 책을 어떻게 알았지! SNS 팔로워인가! 책의 이떤 점이 마음에 든 걸까! 모니터 앞에서 책을 구입한 사람의 모습을 상상했다. 그 행복한 상상은 어느 날엔 경기도의 50대 남자에게로, 또 어느 날엔 제주도의 20대 청년에게로 향했다. 내가 있는 곳에서 멀리 떨어질수록 상상은 구체적이 되었다. 행복하고 고마웠다.

한 명 한 명을 떠올리며 감격에 겨울 수 있었던 건 좋아하는 일을 정말로 하고 있다는 실감 때문이기도 했지만, 그보단 매일의 책 판매량이 적다는 게 더 큰 이유일 것이다. 하루에 백 명이 넘는 손님이 오는 식당에서의 한 명과 서너 명이 오는 식당에서의 한 명은 같은 한 명일 수 없다. 강원도의, 경기도의, 제주도의, 서울의 한 명은 전날 우리 책을 구입한 유일한 독자인 경우가 많았다. 판매 수 0을 피하게 해 준 고마운 이들. 독자의 존재를 그려 볼 수 있게 해 준 소중한 사람들.

판매 칸에 찍힌 작은 숫자를 보며 초반의 성공은 오히려 독이 될 수 있다던 말을 자주 생각했다. 성공이 비껴간 덕분에 한 명 한 명을 머릿속으로 그리며 고마워할 수 있는 건 분명 행운이었다. 고마움을 천천히, 단단하게 다질 수 있는 시간이 주어진 것에 감사하며 기도했다. 지금의 이 마음을 잊지 않게 해 달라고, 하루에 30권이 팔리고 50권이 팔리고 100권이 팔려도 독자 한 명 한 명에 대한 고마움이 옅어지지 않게 해 달라고.

2023년 봄, 출판사는 만으로 다섯 살이 된다. 궁금하다. "초반의 성공은 오히려 독이 될 수 있다"에서 '초반'은 몇 년까지일까. 아니지, 그 기준은 기간이 아니라 출간 종수일 수 있겠다. 그렇다면 몇 권까지가 초반일까? 분명한 건 시기로나 종수로나 초반은 지났다는 거고, 나는 여전히 하루 판매 수를 손가락으로 세고 있다. 지치지 말라는 인쇄소 실장님의 격려와 잘될 거라는 친구들의 응원은 5년째 이어지는 중이다. 다정한 디자이너들은 서로 입이라도 맞춘 듯 작업을 할 때마다 "이번에 느낌이 왔다"고 한다. 그 느낌 참…. 독이 될 초반의 성공 같은 건 어차피 내 것이 아니었는데, 돈도 관계도 관심도 내가 감당할 수 있는 만큼 주어지게 해 달라고 기도했던 걸 생각하면 헛웃음이 난다. 나는 내가 성공할 줄 알았나 보다. 이런 희망찬 인간 같으니라고.

1인 출판사를 시작했거나 시작하려는 사람들이 조언을 구할 때가 있다. 사업자등록증을 막 받아 든 사람과 한두 권 출간한 출판사는 5년을 지나온 출판사의 걸음이 부럽고 대단해 보인다. 내가 그랬다. 그 마음을 알기에 지금 나의 상황과 고민은 잠시 덮은 채로 그들이 궁금해하는 것에 최선을 다해 답한다. 그 외에 내가 덧붙일 수 있는 건 이 일의 매력과 위험, 기쁨과 슬픔, 내가 해 본 일 정도다. 잘 팔리는 기획이나 효과적인 마케팅 같은 건 안타깝게도 알려 줄 수가 없다. 한 사람이 말할 수 있는 건 그가 경험한 것뿐. 그러니 이걸 조언이라고 하기는 좀 뭐하다.

먼저 경험했단 이유만으로 물음에 답하는 자리에 서게 되다 보니, 가끔 머쓱한 상황을 만나기도 한다. 가볍게 응원을 전한 몇 곳이 초반부터 잘된 것이다. 그런 때면 내 경험이 이것뿐이어서, 내가 답을 모르는 사람이라서, 그래서 어느 순간에도 내 경험 외에는 말할 게 없는 사람인 것이 그렇게 다행스러울 수가 없다. 어쭙잖게 아는 척이라도 했으면 어쩔 뻔했나. 끝없이 부끄러워질 뻔했다.

초반의 성공을 거둔 이들을 보며 꿈꾸는인생의 미래를 그려 본다. 꿈꾸는인생은 앞으로 어떻게 될까. 초반이 지난 자는 '초.성.오.독'의 조언에서 벗어났다. 그러니 잘돼도 괜찮겠다. 지난 5년이 그런 식일지 짐작도 못 했던 것처럼 앞으로의 1년, 2년이 어떨지 누가 알겠나. 희망찬 인간은 또 꿈을 꾼다.

마흔셋,
출판사를 하고 있다

책을 위해 글을 쓴다는 건 기억을 헤집는 일이었다. 그 과정에서 잊고 있던 여러 일을 다시 찾았고, 기억의 오류도 바로잡을 수 있었다. 또한 나를 감탄하게 만든 여러 작가에게야 미치지 못하지만 나도 꽤 많은 것을 기억한다는 사실을 알게 되었다. 무척 이야기하고 싶은데 책의 주제와는 맞지 않아 가져오기를 그만두어야 할 것들이 고구마 줄기 엮이듯 쏟아져 나왔다. 서로 얽힌 기억들이 주는 행복이 커서 글 쓰는 고됨을 잊을 수 있었다.

글뿐 아니라 사람이 하는 모든 일이 그럴 테지만,

인생의 어느 계절에 이루어지느냐에 따라 그 모양이 달라진다. 큰 슬픔 속에서는 모든 몸짓이 슬퍼지는 것처럼. 이 글이 출판사의 가을과 겨울에 시작되었다는 게 나는 염려스러웠다. 글이 추운 풍경만을 담으면 어쩌나 하고. 그런데 글을 쓰는 동안 나를 채운 감정은 기쁨과 감사였다. 책 만드는 일은 즐겁고 나는 이 일이 참 좋다는 이야기를 하다 보니, 어느새 출판사의 계절을 가뿐히 뛰어넘어 있었다. 그리고 받은 사랑이 크다는 걸 봄여름의 햇살 아래서 더욱 분명하게 깨달았다. 이 이야기를 꼭 해야겠다.

매일 300을 외치며 인스타그램을 열고 닫던 시절에 혹은 그때를 조금 지났을 때에 인연을 맺고 지금까지 꿈꾸는인생을 응원해 주는 이들이 있다. 신간이 나오면 지역 서점에 진열된 책 사진을 찍어 보내고, 출판사의 기념일마다 아낌없는 축하를 전하고, 기쁜 일에 함께 기뻐해 준 사람들. "꿈꾸는인생 책에는 꿈꾸는인생만의 분위기가 있다"는 말로 격려하며 아무 날도 아닌 날에 안부를 묻는 메일로 응원의 마음을 건넨 사람들. 어딘가에서 우리 책이나 출판사 이름을 발견하기라도 하면 나에게 알려주며 자기 기분이 다 좋았다고 말하는 사람들. 그 마음과 말들을 무심히 받은 적은 한 번도 없고, 그것들은 언제나 그날에 꼭 필요한 위로가 되어 주었다는 걸 알려 주고 싶다. 또한 그들의 결혼과 출산, 학업과 이직, 투병과 사별 등의 소식에 나도 함께 기뻐하고 아파하며 기도했다고도 전하고 싶다. 혹시 내 이야긴가 싶다면 당신 이야기가 맞다. 정말 감사하다. 내게 보내 준 마음들은 내 안에서 날마다 살아나 책을 쓰는 내내 힘이 되었다.

출판사 이야기로 책을 쓰는 건 용기가 필요한 일이었다. 보통 이런 책은 무명의 시절을 묵묵히 지나 끝내 대중의 관심을 받게 되었다는 식의 극적인 내용이 담기기 마련인데 꿈꾸는인생에 그런 스토리는 없다. 괜한 일을 벌이는 게 아닌가 싶고, '이 책을 과연 누가 읽을까'에 쉽게 답하지 못하면서도 굳이 이 이야기를 책으로 엮었다. 한번은 하고 싶었고, 언제 또 기회가 있을지 알 수 없어서다. 다 쓰고 나니 후련함과 아쉬움이 뒤섞인다.

가수는 노래 제목대로, 배우는 작품 제목대로 산다는 말이 있다면서 책 제목 잘못 지었단 우스갯소리를 들은 적이 있다. "예수는 믿는데 기쁨이 없어서", "세계 여행은 끝났다" 같은 제목 때문에 '기쁨이 없고' '끝난' 것 아니냐며. 그런데 이번 책은 "책 만들다 우는 밤"이다. 이 이야기를 하며 지인들과 숨이 넘어갈 만큼 웃었다. 제목대로 사는 거라면, 나는 이 책의 제목이 더욱 좋다. 눈물은 슬퍼서만 흘리는 게 아니라서. 감격의 순간에도 나는 잘 우니까. 제목의 힘을 한번 믿어 본다. 사랑하는 가족, 친구들과 얼싸안고 기뻐서 왕왕 울 날을 기다리며.

2023년 3월
좋아하는 계절에 첫 책이 나오게 되어
몹시 기쁘다.

책 만들다 우는 밤

초판 1쇄 인쇄 2023년 3월 10일
초판 1쇄 발행 2023년 3월 24일

글 홍지애
펴낸이 홍지애
펴낸이 꿈꾸는인생
주소 서울 마포구 월드컵북로 400 2층
전화 070-4046-2371
팩스 02-6008-4874
이메일 lifewithdream@naver.com

ⓒ 꿈꾸는인생, 2023

979-11-91018-24-0 (03810)